변혁 1990

1990

25

천지무천 장편소설

FUSION FANTASTIC STORY

변혁 1990 25권

천지무천 장편 소설

초판 1쇄 찍은 날 § 2017년 2월 27일
초판 1쇄 펴낸 날 § 2017년 3월 6일

지은이 § 천지무천
펴낸이 § 서경석

편집책임 § 배경근

펴낸곳 § 도서출판 청어람
등록번호 § 제1081-1-89호
등록일자 § 1999. 5. 31
어람번호 § 제1-2644호

주소 § 경기도 부천시 부일로 483번길 40 서경B/D 3F (우) 14640
전화 § 032-656-4452 팩스 § 032-656-4453
http://www.chungeoram.com
E-mail § chungeorambook@daum.net

ISBN 979-11-04-91226-9 04810
ISBN 978-89-251-3388-1 (세트)

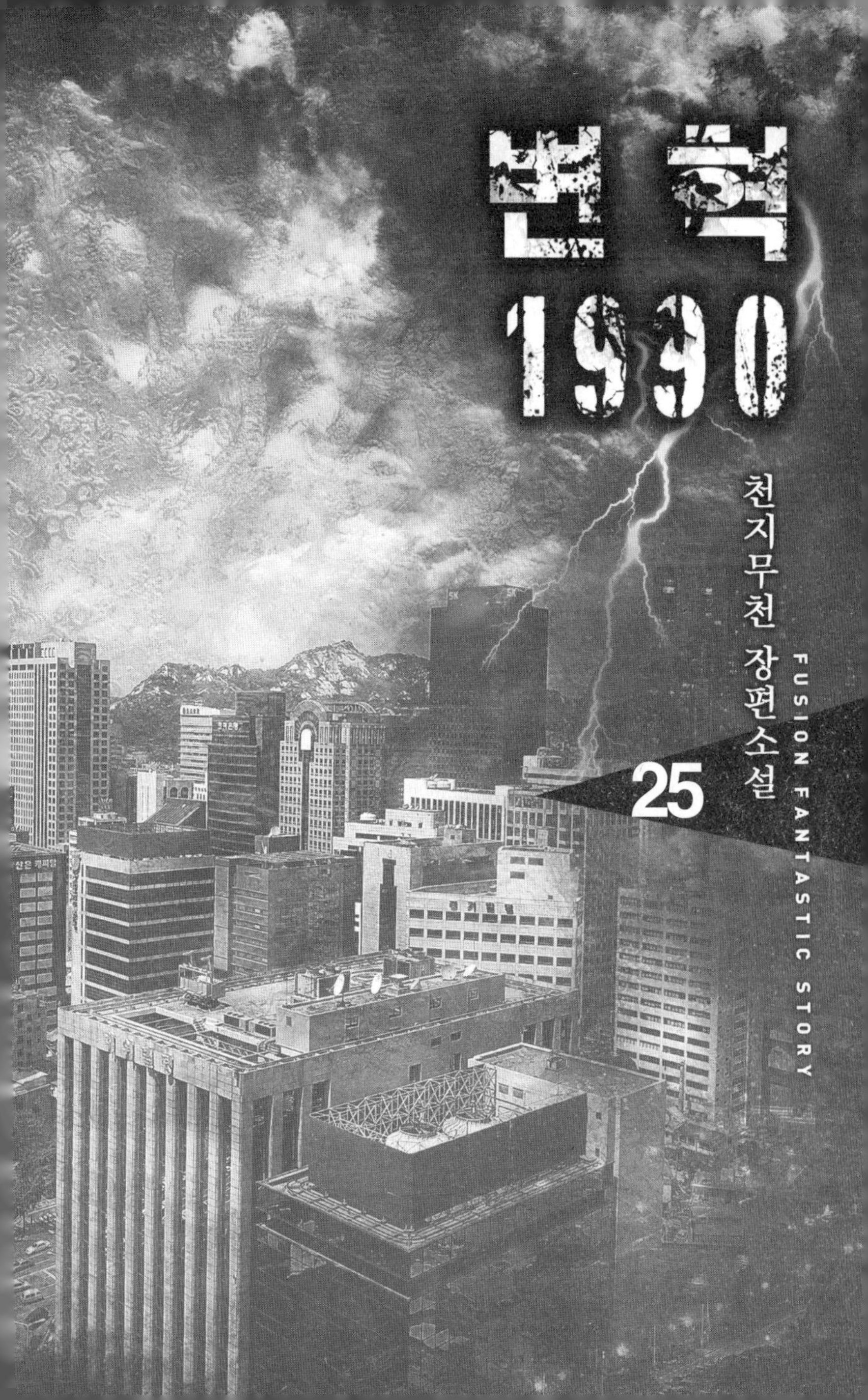
변혁
1990
천지무천 장편소설
25
FUSION FANTASTIC STORY

Contents

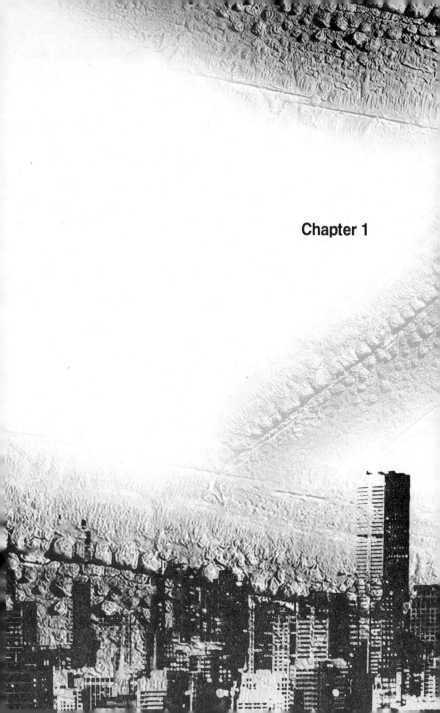

Chapter 1

　북한의 핵 포기 조건으로 미국은 무상으로 15억 달러를 북한에 지원했다.

　이 돈으로 신의주 특별행정구 내의 도로 정비와 신의주와 평양 간의 6차선 고속도로가 착공되었다.

　더불어서 신의주에 천연가스를 이용한 LNG 복합화력발전소 건설도 진행되기 시작했다.

　신의주 복합화력발전은 에너지 효율성이 높고 청정연료인 천연가스를 사용하기 때문에 분진 및 매연 등이 거의 발생하지 않는다.

신의주 LNG 복합화력발전소는 원자력 2기의 발전량과 맞먹는 1,955mW의 발전량으로 신의주시와 특별행정구에 안정적인 전력 공급을 지원하게 된다.

핵 포기의 대가로 한국에서도 평양에서 개성으로 이어지는 고속도로의 정비와 북한을 관통하는 송유관 설치 공사에 들어가는 자금을 지원하기로 결정했다.

한편으로 미국 정부는 북한과의 외교관계 수립을 긍정적으로 검토하고 있다는 공식 성명을 백악관 대변인을 통해서 발표했다.

북한은 또한 핵 포기와 함께 인민군의 공식적인 복무 기간을 6개월 단축했다.

1958년에 제정된 내각결정 148호를 살펴보면 북한군 군인들의 군 복무 기간은 지상군 3년 6개월이며 해군과 공군은 4년으로 정해져 있다.

그러나 이 규정은 어디까지나 규정일 뿐이었으며 북한의 청년들은 평균 17살에 고등중학교를 졸업한 후 군대에 입대했고, 당의 방침에 따라 만27세가 되어야지만 제대를 시키고 있었다.

이로 인해서 17세에 징집된 북한 사병의 실제 복무연한은 10년이 일반적이었다.

그러나 김평일에 의해 주도되고 있는 군부의 개혁을 통

해서 실제 징집 나이를 18세로 올렸고, 복무 기간을 3년을 줄여 24세에 제대할 수 있게 수정했다.

10년의 평균 복무 기간을 4년이나 단축하는 획기적인 군사 개혁이었다.

이 개혁으로 인해서 120만 명에 달하는 북한군은 95만 명으로 감축될 예정이다.

이러한 복무 기간 단축을 해마다 진행할 예정이며 70만 명까지 북한의 정규군을 감축할 계획이었다.

북한의 사병들은 이러한 조치를 대단히 환영했지만, 군부의 원로들은 남북한의 군사 균형의 축이 무너진다는 우려가 섞인 눈길을 보내고 있었다.

하지만 김평일은 단호했으며 국방비에 들어가는 예산을 줄여 경제 발전의 토대를 마련하겠다는 의지가 확고했다.

미국과의 정식 수교가 이루어지면 별도의 경제 지원이 이루어질 예정이었다. 한편으로 일본과도 수교 협상에 들어갈 채비를 갖추고 있었다.

일본과 수교 협상이 이루어지면 수백억 달러의 배상금을 일본은 북한에 지급해야 한다.

김영삼 대통령도 북한이 군비경쟁에서 벗어나는 행동을 환영하는 말과 함께 북한의 경제 재건을 적극적으로 돕겠다는 담화를 발표했다.

김영삼 대통령의 담화가 끝나자 정부는 특별지원 형태로 북한 내 어려운 식량 사정을 돕기 위해 비료 30만t과 쌀 20만t을 보내기로 했다.

북한은 가뭄과 여름 장마로 인해서 작년에도 흉작을 기록했다.

이러한 점을 겨냥해서인지 국내 언론들은 북한의 경제특수 상황을 대대적으로 보도하기 시작했다.

향후 북한군의 군비 감축과 주요 국가와의 수교를 통해서 북한에 지원되는 돈이 적어도 300억 달러에 달할 것이라는 전망까지 나왔다.

"언론들이 연일 북한을 주시하고 있습니다. 현대그룹과 북한 당국이 금강산과 묘향산 관광사업을 내년 하반기까지 추진하기로 했습니다."

1998년 11월 18일 시작된 금강산 관광은 한국의 민간인들이 북한을 여행하는, 남북 분단 50년사에 새로운 획을 그은 사건이었다.

하지만 지금 역사와 달리 3년이나 빨리 진행되어 가고 있었다.

"현대나 대우가 북한에 많이 투자를 해야만 북한 경제가 지금보다 나아질 수 있습니다. 우리가 적극적으로 나서고는 있지만 혼자서는 힘을 쓰는 것은 한계가 있으니까요."

"예, 다른 기업들도 북한에 대한 투자를 늘릴 것 같습니다. 특별행정구 내 3차 지구의 분양도 모두 끝났습니다."

이태원 국장의 보고였다.

신의주 특별행정구는 1차, 2차 3차로 나누어서 산업군별로 개발이 진행되었다.

3차 지구가 마지막으로 분양이 이루어졌고, 남북한의 화해 분위기와 북한에 대한 국제사회의 지원 발표에 맞물려 특별행정구에서 분양되는 토지의 모두 팔려 나갔다.

초기 신의주 특별행정구의 투자에 미적거렸던 국내의 주요 대기업들도 2차와 3차 지구의 투자에 적극적으로 임했다.

하지만 한라그룹과 대용그룹은 그룹 내 문제와 중국 투자로 눈을 돌렸다.

대산그룹도 중국에 대한 투자와 대산에너지의 러시아 투자로 인해서 투자금액이 다른 기업보다 적었다.

"국내 기업들이 신의주 특별행정구를 잘 이용한다면 큰 성장을 이룰 수 있을 것입니다. 하지만 그렇지 못한 기업들은 앞으로 적잖은 어려움에 부닥칠 수도 있습니다."

북한 당국은 중국과 협상을 하고 있었다. 신의주 특별행정구에서 생산되는 상품들에 대해서 중국으로의 수출에 있어 특별 관세를 적용해 달라는 요청이었다.

북한이 미국과의 관계 개선을 통해서 밀월 관계가 이어지자 중국 공산당은 우려의 목소리와 함께 북한에 대해 적극적인 구애를 하고 있었다.

김평일은 이러한 점을 이용하여 중국과 미국에 대한 등거리외교를 통해서 최대한의 이익을 얻어내려는 전략을 쓰고 있었다.

중국이 신의주 특별행정구역 내의 생산품에 대한 특별관세를 적용하면 중국에서 제조해서 판매하는 물품과 동일한 가격 경쟁력을 갖추게 된다.

더구나 중국 내 노동자의 인건비보다도 특별행정구역에서 일하는 북한 노동자들에 대한 인건비가 더 저렴했고, 생산성도 훨씬 높았다.

이것은 신의주 특별행정구에서 생산되는 제품이 중국시장에 큰 영향력을 행사할 수 있는 조건이 될 수 있었다.

"예, 저도 같은 생각입니다. 특별행정구가 중국을 공략하는 전초기지의 역할을 톡톡히 해낼 것입니다."

"반드시 그래야만 합니다. 단둥과 선양, 장춘, 하얼빈 그리고 옌볜 조선족 자치주 모두가 신의주 특별행정구역의 경제권 아래에 놓여야 합니다. 그것이 향후 간도를 찾기 위한 시발점이 되는 것입니다."

또 하나 앞으로 진행될 중국의 동북아공정도 사전에 막

을 수 있었다.

더구나 중국 동북지역의 경제적인 영향력 증대와 경제복속이 계획대로 이루어진다면 오히려 남북한이 서북아공정을 시도할 수 있었다.

중국의 경제가 최고 정점에 올라가기 전에 북한의 개혁개방이 성공해야만 했다.

그래야만 과거와 다르게 남북한이 중국 동북 지방의 경제를 종속시킬 수가 있었다.

"하하하! 장관님의 말만 들어도 속히 다 시원합니다. 이러한 커다란 청사진을 남쪽의 정치인들도 좀 알아야 하는데 말입니다."

"언젠가는 알게 되겠죠."

장관실에서 바라다보는 특별행정구는 감회가 새로웠다. 허허벌판에서 시작된 특별행정구의 모습이 이제는 거대한 산업단지로 탈바꿈해 가고 있었기 때문이다.

*   *   *

한라그룹의 정태술을 요새 바짝 생기가 없어 보였다.

연이어서 그룹에 어려움이 가중되었기 때문이다. 거기에다가 그룹의 핵심인 건설 분야의 어려움은 나아질 기미가

전혀 보이지가 않았다.

주식 가격은 아직도 5천 원대에서 맴돌고 있었다.

건설 쪽 임원들을 대폭 물갈이를 했지만 나아지는 것은 없었다.

"왜 수주를 못 하는 거야?"

머리가 아픈지 관자놀이를 매만지고 있는 정태술이 물었다.

"대외적인 이미지가 아직은 영향을 미치는 것 같습니다. 발주처에서도 저희를 꺼리는 눈치였습니다."

새롭게 한라건설 사장이 된 이태용이 조심스럽게 말했다. 정부기관에서 진행 공공건설사업에 여러 번 입찰을 했지만 번번이 떨어지고 말았다.

"그럼, 이대로 손 놓고 있을 거야?"

"그래서 말씀드리는 것인데… 신의주 특별행정구에 지금이라도 진출하는 것이 좋지 않을까 합니다."

"그쪽에서 요구하는 조건이 너무 까다롭다며. 그리고 너무 늦지 않았어?"

"그쪽에 조건을 맞추면 될 것도 같습니다. 그러려면 자금이 좀 필요합니다."

신의주 특별행정구의 공사 진행에 따른 공사비를 초기에는 건설사가 자체적으로 조달해서 공사를 진행해야만 했다.

공사를 맡긴 회사가 공사대금을 직접 건설사에게 지급하는 것이 아니라 신의주 특별행정구에 일임하는 형태였다.

신의주 특별행정구 내 공사들은 월별로 공사비를 청구하는 국내 건설공사와 달리 공정별 비용 청구 시점을 정하는 마일스톤(Milestone) 방식으로 계약된다.

이는 계약서에 지정된 공정 단계를 달성할 경우에만 대금을 청구할 수 있다.

또한 설계와 시공을 분리하여 발주하는 것이 아닌, 일괄도급 계약을 통해 설계, 조달 및 시공을 하는 EPC(일괄수주) 계약으로 진행했다.

EPC는 설계(engineering), 조달(procurement), 시공(construction) 등의 영문 첫 글자를 딴 말이다.

이러한 방식은 발주처 입장에서 공사 관리와 함께 공사비를 쉽게 관리할 수 있었다.

"돈 없이는 안 되는 거야?"

"초기 공사비를 저희가 부담해야 합니다. 그러려면 자금이 있어야 합니다."

"다른 대안은 없어?"

"당장 회사를 돌아가게 하려면 신의주 특별행정구에 진출하는 것이 가장 빠른 방법입니다. 저희가 핵심으로 추진했던 재개발사업이 모두 중단된 상태라서……"

이태용은 이미 여러 번 정태술에게 보고 사항을 전달했었다.

하지만 정태술은 일부러 그러는 것인지 이전과 달리 상황이 좋지 않은 것들에 대해서 잘 보려고 하지 않았다.

"그래서 원하는 게 뭐냐?"

"서초동 땅을 매매하는 것이……."

"뭐?! 땅을 팔아?"

이태용의 말에 정태술을 쌍심지를 키며 노려보듯 말했다.

이미 서초동 땅은 은행 담보로 잡혀 420억을 융통했다.

하지만 문제는 그 돈은 돌아온 어음과 하도급 업체에 밀린 대금으로 순식간에 나가 버렸다.

"현재로써는 그게 최선인 것 같습니다. 회사채 발행도 고려해 보았지만, 시장의 반응이 너무 냉랭합니다. 옥수와 금호동 재개발사업의 실패가 생각보다 더 큰 타격을 준 것 같습니다."

"아, 정말! 그 땅은 가지고만 있어도 돈을 버는 곳이야. 다른 방법은 없는 거야?"

"명동 쪽도 알아봤지만 저희가 감당할 수 없는 조건을 제시했습니다."

"이런 젠장할! 주식을 팔아도 돈이 안 되니."

최저점까지 떨어진 한라건설의 주식이었기에 한라건설의 주식을 시장에 팔아도 큰돈을 만들 수가 없었다.

정태술은 한라건설의 주식 32%를 가지고 있었다.

"후! 매수자는 알아봤어?"

"예, 러시아계 은행인 소빈뱅크가 매입 의사를 전해왔습니다. 다른 곳도 매입 의사를 타진해 왔지만, 지금까지는 소빈뱅크가 가장 좋은 가격을 제시했습니다."

"소빈뱅크? 러시아 놈들이 땅을 사겠다고?"

"예, 국내 투자를 늘리는 방향에서 서초동 땅을 매입하려는 것 같습니다."

"허 참! 경제가 어렵다고 하는 놈들이 땅 살 돈은 있는 거야?"

러시아에 관해서 국내 언론에 보도되는 것들은 러시아의 어려운 경제 상황과 마피아들에 대한 기사였다.

"소빈뱅크는 러시아에서 다섯 손가락 안에 들어가는 은행이라고 합니다. 국내에도 대부분의 기업들이 소빈뱅크를 이용하여 러시아에 자금을 송금하고 있습니다. 러시아에서도 소빈뱅크를 이용해야만 해외로의 자금 송금에 규제를 받지 않는다고 합니다. 러시아 정부의 비호를 받는 은행이라고 보시면 됩니다."

"후! 금싸라기 같은 땅을 결국 팔아야 한다니. 좋아, 추진해. 대신 확실하게 한라건설을 제자리로 돌려놔."

한라건설이 소유한 땅은 강남역 부근에 있는 땅이었다. 접근성 좋고 유동 인구가 많아 앞으로 활용 가치가 큰 땅이었다.

"예, 알겠습니다. 앞으로는 좋은 소식을 들고 오겠습니다."

"그래야지."

정태술을 입술을 깨물며 말했다.

사업을 시작하면서 작년과 올해처럼 어려움을 겪은 적이 없었다.

다른 기업들에 비해서 현금을 많이 갖고 있던 한라그룹이었지만, 몇 번의 위기가 그 많던 자금을 모두 소진하게 만들었다.

더구나 크게 활성화되고 있는 신의주 특별행정구를 처음부터 염두에 두지 않은 것도 어려운 시기에 놓인 한라건설의 패착이었다.

하지만 그러한 어려움을 인위적으로 조성시켰다는 것을 아는 한라그룹 관계자들은 없었다.

신의주의 밤거리가 확실히 변해 있었다.

일찌감치 사람의 발길이 끊어지던 밤거리에는 밤 10시가 지나도 사람들의 숫자가 줄지 않았다.

고급스러운 상점과 술집들도 생겨난 신의주시의 모습은 달라진 북한의 모습이기도 했다.

신의주시는 중국에서 건너온 상인들과 시민들로도 북새통이었다.

한국에서 들어온 질 좋은 상품이 신의주항을 통해 그대로 신의주 시장으로 공급되기 때문이었다.

신의주 특별행정구 내의 직원들과 공사 현장에서 일하는 북한 근로자들에게 공급되는 간식들도 신의주 시장에 고스란히 유통되었다.

북한의 상인들은 한국의 인천항과 신의주항을 오가는 배를 통해서 직접 한국에서 생산되는 제품을 주문하기를 원했다.

신의주 특별행정청은 신의주시에 거주하는 주민과 특별행정구에서 일하는 근로자들에 한해서 월 2백 달러 한도에 해당하는 물품을 살 수 있게 해주었다.

대부분 스타킹, 비누, 치약, 옷가지, 샴푸, 과자 등 일상생활에 필요한 용품들을 주로 구매했다.

이들이 구매하는 물품은 고스란히 북한 내 장마당과 중국의 동북 3성으로 팔려 나갔다.

중국 내 거주하는 조선족들은 서류 작업 없이 신의주를

오갈 수 있었고, 중국인들도 복합한 절차 없이 무비자로 들어왔다.

"특별행정청에서 구매한 물품들도 북한 상인들에게 넘기십시오."

특별행정청에 공급되는 제품들은 특별법에 의해 면세 가격으로 들여올 수 있었다.

그러다 보니 TV와 세탁기와 같은 가전제품과 다양한 제품들이 들어오기도 했다.

"문제가 되지 않을까요?"

"문제될 것이 뭐가 있습니까. 재판매에 대한 부가적인 규칙과 규정도 없습니다. 특별행정구 내의 공장들이 가동되면 북한과 중국에 공급될 제품들입니다. 미리 사용할 수 있게 해주는 것뿐입니다. 대신 북한 내부로 팔기보다는 중국으로 판매할 수 있게 하십시오."

중국은 아직까지 소비재와 가전제품들을 제대로 만드는 회사가 없었다. 더구나 동북 3성은 아직은 중국 정부의 개혁개방정책과 연계된 개발정책 지원에서 밀려나 있었다.

우리나라 60~70대 생활수준으로 살아가는 동북 3성에 중국 보따리상들을 통해 공급되는 한국 제품은 고급 제품들로 취급받았다.

한국에서 정식적으로 수입하게 되면 많은 절차와 시간이

걸렸고, 물류비도 상당했기 때문에 비싼 가격에 사야만 했다.

하지만 신의주 자유시장에서 구매하면 중국에서 살 수 있는 가격에 절반 이하로 살 수 있었다.

현재 중국의 1인당 평균 소득은 4백 달러 수준이었지만, 12억 명의 인구 중 1억 명은 1천 달러 이상의 소득을 올리고 있었다. 고소득자들은 주로 수도인 베이징과 톈진, 상하이, 산둥, 허베이 등 동북 연해 지역에 거주하는 사람들이었다.

러시아의 보따리 상인들이 도시락을 러시아에 퍼뜨린 것처럼 신의주를 방문하는 중국과 조선족 상인들이 그 역할을 하고 있었다.

"예, 그렇게 조치하겠습니다. 말씀하신 화물선 추가 배치에 대해 통일부에 전달했습니다."

신의주 특별행정구에서 결정된 상황은 북한 당국에 보고 없이 진행할 수 있었다. 하지만 남한과 연관된 상황들은 신의주 특별행정구 주무 부처인 통일부의 허가가 필요했다.

문제는 허가 절차와 진행이 생각만큼 빠르지 않다는 점이다.

"오히려 특별행정구의 발목을 북한이 아닌 정부 당국이 잡고 있는 것 같습니다."

"많이 좋아지긴 했지만, 공무원들의 일 처리가 일반 직장인들 같지는 않습니다."

"특별행정구는 달라야 합니다. 권위적인 사고방식도 내려놓고서 서비스를 한다는 마음으로 일해야만 특별행정구가 지속적으로 발전할 수 있습니다."

"시간이 나는 대로 강사를 초빙해 서비스 교육을 진행할 예정입니다."

문민정부가 들어서면서 점차 좋아지기는 했지만 아직까지는 여러 행정절차가 복잡했고 공무원들의 권위 의식 또한 강했다.

신의주 특별행정구가 점차 제 모습을 찾아가자 할 일이 점점 더 늘어나고 있었다.

12개의 대기업과 55개의 중견기업, 그리고 187개의 중소기업들이 신의주에 특별행정구에 진출한 상태였다.

시간이 지날수록 특별행정구에 진출을 원하는 기업들은 더 많아졌고, 북한 당국과 특별행정구역의 확대에 대해서 검토 중이었다.

이러한 반응은 북한이 중국과 진행 중인 특별관세협정 때문이었다.

현재 북한은 10년을 요구했고, 중국은 7년마다 협의를 통해서 갱신 여부를 결정하자는 줄다리기를 하고 있었다.

나는 북한의 협상단에게 절대로 10년을 양보하지 말라는 주문을 했다.

7년은 중국의 동북 3성에 대한 경제적인 지배력을 강화하기에는 너무 짧은 시간이었다.

적어도 10년은 되어야만 동북 3성의 경제적인 종속에 대한 가능성을 더 높일 수 있었다.

"철강회사를 세우는 것도 검토를 해봐야 합니다. 러시아와 북한 그리고 호주에서 들려오는 철광석을 그대로 중국에 넘기기에는 아깝습니다."

닉스홀딩스의 김동진 비서실장의 말이었다. 호주 웨일백 광산에서 생산된 철광석이 올해부터 포항제철에 공급되고 있었다.

"문제는 정부의 허가입니다. 정유와 석유화학 공장도 북한에 공급을 제한하는 방법으로 힘들게 허가를 받을 수 있었습니다. 두 공장에 들어가는 자금 때문에라도 철강회사는 현시점에서 무리가 될 것 같습니다."

"닉스E&C를 재상장해서 자금을 만드시는 것이 어떻습니까? 회장님이 계획하신 대로 동북 3성이 신의주 특별행정구의 경제권 아래에 들어오게 하려면 철강회사도 필요합니다."

경제를 발전시키려면 소위 기간산업으로 일컫는 철강, 에너지, 화학, 전기산업이 필요하다.

북한의 경제발전을 가속하려면 철강은 꼭 필요한 산업이었다.

현재 북한의 철강산업은 풍부한 지하자원을 바탕으로 일제 강점기인 1918년 미쓰비시 제철이 건설하고 일본제철이 운영한 겸이포제철소(황해제철소)가 설립되면서 시작되었다.

이후 1938년 청진제강소로 출발한 김책제철소(북한 철강 생산 40% 차지)가 설립되고, 이어 청진제철소, 성진제강소 등이 설립되었다.

현재 북한의 주요 철강사들은 대부분 일본강점기에 만들어진 것으로 일본제철소 다음으로 역사가 길다.

"음, 북한의 철강산업은 어떻습니까?"

"북한은 현재 철강산업을 기반으로 중공업 우선 정책을 추진했고 이를 바탕으로 1980년대 중반까지는 양적으로나 질적으로 큰 발전을 이루었습니다. 하지만……."

하지만 구소련과 동유럽 사회주의 국가들이 붕괴로 인한 철강원료인 코크스의 원조 중단과 같은 외부 지원이 끊기자 철강산업은 크게 위축된 상태였다.

코크스는 탄소로 이루어진 덩어리다. 코크스가 들어가는

이유는 철을 처음에 캐내면 산화철 상태로 채굴된다. 이 산화철을 순수 철로 바꾸는 과정에서 코크스가 쓰인다.

또한 코크스 원료탄은 북한에 매장된 것이 없어 전량 수입에 의존해야 하는데 외화 부족으로 코크스 수입이 어려워졌다.

"현재 북한의 제철소들의 가동률은 30%대로 현저하게 떨어진 상태이고, 노후 시설의 복구가 지연되어 철강산업이 쇠락해 가고 있습니다. 북한의 경제를 회복시키기 위해서도 철강산업의 회복은 꼭 필요한 상태입니다."

압록강을 이용한 공업용수와 신의주에 지어지는 LNG 복합화력발전소에서 전력공급도 충분히 받을 수 있었다. 더불어서 신의주 주변으로 도로와 철도 등과 같은 인프라 구축이 활발하게 진행되고 있는 점도 제철소를 짓기에 유리했다.

"현재 여유 자금은 얼마나 됩니까?"

"예, 닉스코어에 들어갈 2천억 원을 빼면 4천억 정도 사용할 수 있습니다."

"제철소의 건립 비용은 어느 정도로 예상합니까?"

"설비능력에 따라 달라질 수는 있습니다. 최소한 2기의 용광로와 제강공장, 연속주조공장, 열연공장 설비 등과 함께 항만하역 설비, 원료처리 설비 등의 부대 설비를 포함하면 1조 6천억 이상은 소요될 것으로 보입니다."

닉스홀딩스 비서실은 이미 철강산업 진출에 대한 타당성 조사를 해놓고 있었다.

신의주 특별행정구에서 추진하기로 했던 신규사업은 정유와 화학, 철강이었지만 러시아의 파이프라인과 맞물려 정유와 화학을 우선적으로 진행하기로 선택했다.

"1조 2천억이 부족하다는 것인데……. 이 일은 우리 혼자서 결정할 문제가 아닌 것 같습니다. 북한 쪽과도 이야기를 나누어봐야겠습니다."

닉스홀딩스의 여유 자금 모두를 투자할 수는 없었다. 소빈뱅크에서 유통할 수 있었지만 소빈뱅크 또한 아프토뱅크와의 합병 중인 상황이라 시간이 다소 걸렸다.

Chapter 2

　대산그룹의 이대수 회장과 한라그룹의 정태술, 그리고 대용그룹의 한문종이 한자리에 모였다.

　세 사람 모두 정민당의 한종태 원내대표를 후원하고 있는 공통점을 갖고 있었다.

　한종태 원내대표와 저녁을 먹기 위해 모인 자리였다.

　"하하하! 제가 조금 늦었습니다. 당무회의가 생각보다 늦게 끝났습니다."

　"하하! 아닙니다. 저희도 지금 막 도착했습니다."

　한종태의 말을 이대수 회장이 받았다. 그의 말과 달리 세 사람 모두 10분 전에 도착해 있었다.

"그럼, 다행입니다. 다들 별일 없으셨지요."

"예, 정치가 안정되니까 사업들도 안정되는 것 같습니다. 하하하!"

대용그룹의 한문종이 웃으면서 말했다. 대용그룹은 새롭게 진출한 유통분야에서 상당한 이익을 보았다.

"한 회장님께서는 좋으시겠습니다. 우리는 작년 말부터 마가 꼈는지 되는 일이 없습니다."

신세 한탄하듯 말하는 정태술이었다. 한라그룹에서 효자로 불리던 한라상사와 한라건설이 올해도 죽을 쓰고 있었다.

그나마 한라기계가 조선 분야의 호황에 힘입어 매출이 늘고 있었다.

"정 회장님께서 요즘 많이 힘드신가 봅니다. 얼굴색 좋지 않아보시고요."

이대수 회장이 정태술을 바라보며 말했다.

"예, 사실 조금 힘이 듭니다."

항상 자신만만해하던 정태술은 전 같지 않았다.

"앞으로 잘 되실 것입니다. 원래 어려움은 한꺼번에 온다고 하지 않습니까? 그걸 이겨내면 더 큰 도약이 있을 것입니다."

한종태 원내대표가 정문술을 위로하듯 말했다. 그로 인해서 한라건설의 세무조사가 이루어지지 않았다.

한라건설에서 재개발사업 비리가 연이어 터지자 국세청은 한라건설에 대한 세무조사를 준비했었다. 하지만 한종태로 인해서 세무조사가 이루어지지 않고 일상적인 감사만 받았다.

"예, 그래야겠지요. 일전에는 정말 고마웠습니다."

"하하하! 우리 사이에 다 그런 것 아닙니까. 자, 시장들하실 텐데 식사를 시키시지요."

"예, 그러시지요."

한종태의 말에 주변에 있던 비서가 식사 주문을 했다. 한식은 물론 일식도 유명한 한정식집이었다.

잠시 뒤 준비된 식사가 나오기 시작했다.

"요새 김 대통령께서 북한에 관심이 부쩍 많아졌습니다. 자신의 임기 내에 뭔가를 이루어내려는 심사(心事)인지 전에 없는 모습을 보이고 있습니다."

한종태는 김영삼 정부탄생에 큰 일조를 했다. 그래서인지 현 정부와의 관계가 원만했다.

"통일을 생각하고 계시는 것입니까?"

이대수 회장이 궁금한 듯 물었다.

"김평일이 북한군을 실질적으로 감축하고 나오자 그쪽으

로 생각을 하는 것 같습니다. 정부가 의도하는 방향대로 김평일이 보여주고 있으니까요."

"김 대통령의 임기가 3년 남았는데, 이 기간 동안에는 힘들지 않겠습니까?"

대용그룹의 한문종 회장이 싱싱한 자연산 참돔회를 입으로 가져가며 물었다.

"대통령의 생각은 다르게 생각하는 것 같습니다. 자신의 임기 내에도 가능할 수 있다는 말을 자주 내뱉고 있습니다. 이미 통일부에 전담팀이 꾸려져 통일에 대한 준비에 들어간 거로 알고 있습니다."

독일에서 장벽이 무너지고 난 지 불과 11개월 만에 통일이 되리라고는 세상 그 누구도 상상하지 못했었다.

김영삼 대통령은 독일의 통일과 북한의 변화를 보면서 통일에 대한 생각을 바꾸었다.

"너무 성급하신 것 같습니다. 북한과의 통일은 우리가 모두 바라는 일이지만 독일처럼 갑작스러운 통일은 경제적으로 큰 혼란을 주게 될 텐데요."

"맞는 말씀입니다. 아직은 우리나라가 북한의 경제 상황을 감당할 수 없습니다. 독일조차도 저리 힘든 소리를 하는데 말입니다."

이대수의 말을 정태술이 거들었다.

구소련 연방의 해체로 인해 급작스럽게 찾아온 독일 통일의 가장 큰 문제는 천문학적인 통일 비용을 어떻게 감당할 것인가 하는 것이었다.

구동독의 모든 사회간접자본인 도로, 통신, 건물, 학교, 수도, 전기시설 등을 획기적으로 고쳐가야 하는 것이 통일 비용의 가장 핵심이자 중요한 부분이다.

하지만 세계 정상급에 올라서 있는 독일경제도 자체적인 불황과 우발적인 통일에 의한 미흡한 재정적 준비로 인해 큰 난관에 부닥쳐 있었다.

한마디로 독일은 통일 비용을 너무 적게 잡았다.

"그래서 정부가 북한에 대한 대대적인 투자 계획을 준비하고 있습니다. 이를 통해서 현재 북한의 1인당 국민소득 9백 달러를 2천 달러까지 끌어 올릴 생각입니다."

현재 북한의 1인당 국민소득은 9백 4달러였고, 남한은 7천4백66달러로 8.3배 차이가 난다.

국민총생산도 남한은 3천2백87억 달러였지만 북한은 2백5억 달러에 불과했다.

무려 16배 차이가 나는 실정이었다. 이런 가운데도 북한은 187억 달러의 1년 예산 중 56억2천만 달러를 군사비로 지출했다.

더구나 도로 포장률이 10%도 되지 않고 고속도로 총연장이 5백23km에 불과해 사회간접자본 투자가 극히 부진했다.

북한의 산업은 주로 군수산업과 관련 있는 기계금속공업, 석유화학 등 중화학공업에 치중하는 경향이 두드러졌지만, 주민생활과 밀접한 경공업이나 건설업, 서비스업의 비중은 현저히 낮다.

그나마 김평일이 정권을 잡으면서 사회간접자본 투자에 힘을 쏟고 있지만, 예산 문제로 인해 많은 투자가 이루어지지 못하고 있었다.

이대수 회장은 정민당의 한종태 원내대표와 저녁 식사 후 고민에 빠졌다.

집으로 돌아와서도 서재에서 깊은 생각에 잠겼다.

"통일이라……."

언젠가는 해야만 하는 숙제였지만 왠지 막연하게만 여겨지던 단어였다.

남북한이 서로 다른 체제로 갈라져 살아가고 있는지도 반백 년이나 되었다.

"음, 중국의 투자를 줄여야만 하나?"

대산그룹은 한국의 어느 기업보다 중국 진출에 열성을 보였고, 국내 기업 중 제일 많은 투자를 진행하고 있었다.

대산그룹도 중국 투자와 대산에너지로 인해서 북한 투자에 대한 여력이 없었다.

하지만 한종태가 알려준 정보대로 정부가 대규모의 북한 투자를 진행한다면 이대로 있을 수는 없는 노릇이었다.

한종태 원내대표는 말로는 정부가 지금까지 축적해 놓은 통일자금을 사용할 것이라고 말했다.

그 자금이 얼마나 되는지는 알려지지 않았지만 상당한 돈으로 추측했다. 또한 북한의 병력과 군비감축으로 인해 남한도 올해 국방비로 책정된 119억2천만 달러에서 일정 부분을 유용할 수 있었다.

한종태는 북한에 투자에 따른 추경예산도 검토 중이라는 말과 함께 적어도 100억 달러는 투자할 수 있는 여건을 조성 중이라고 했다.

"100억 달러에다가 미국과 일본에서 자금이 들어오면 4백억 달러 이상도 될 수 있겠는데……."

올해 정부의 예산은 474억 달러였다.

한국이 사용하는 1년 예산에 맞먹는 금액이 북한에 투자된다면 상당한 인프라를 구축할 수 있었다.

정부는 통일을 이룩한 독일의 조언대로 현재 북한에 인프라 구축에 힘을 쏟을 생각이었다.

"그렇게 되면 신의주 특별행정구가 더 활성화될 수 있는 여건이 조성될 것이고… 음, 정말이지 선견지명(先見之明)이 뛰어난 건지 아니면 하늘이 돕는 것인지 강태수가 하는 일들은 막힘이 없으니…….”

닉스홀딩스가 새롭게 정유회사와 석유화학 공장을 신의주에 세운다고 할 때 이대수는 상당히 회의적이었다.

원료 공급처를 확보도 않은 채 공장만 덜컹 짓는 모습으로 비쳤다.

하지만 러시아의 룩오일NY가 진행하는 시베리아 파이프라인의 도착지가 신의주로 결정되고, 중국과의 파이프라인 협상이 원만하게 해결되자 상황이 달라진 것이다.

더구나 닉스홀딩스는 상당히 좋은 조건으로 룩오일NY을 두 공장의 합작 파트너로 끌어들였다.

그때였다.

똑똑!

서재를 두드리는 소리가 들렸다.

“들어와!”

“부르셨습니까?”

고개를 깊숙이 숙이며 서재에 들어서는 인물은 이대수 회장의 비서실장인 정용수였다.

“그래, 긴히 할 이야기 있어서. 자리에 앉지.”

이대수 회장의 말에 정용수는 회의 탁자에 앉았다. 이대수 회장의 서재는 상당히 넓었고, 8명이 둘러앉을 수 있는 회의 탁자도 갖춰져 있었다.

중요한 일이 있을 때 종종 회사의 핵심 인물들이 이대수 회장댁을 방문했다.

잠시 후 대산에너지의 사장인 김장우가 도착했다.

두 사람 다 이대수 회장이 신임하는 그룹 내 인물들이었다.

"정부가 통일을 대비해 북한에 대대적인 투자를 진행하려고 한다는 이야기를 들었는데, 혹시 알고 있는 내용 있어?"

"듣지 못했습니다. 신의주 특별행정구의 지원을 확대할 것이라는 말은 있었지만, 매년 나오던 이야기라서 추가로 확인된 것은 없습니다."

이대수의 말에 정용수 비서실장이 가지고 온 서류철을 살피며 말했다.

"저도 금시초문입니다. 김영삼 대통령이 북한에 지원하겠다고 한 비료와 쌀 이야기 외에는 들은 이야기는 없습니다."

두 사람 다 나름대로 가지고 있는 라인을 통해서 정·재계의 정보를 습득해 이대수 회장에게 정기적으로 보고했다.

"오늘 정민당의 한종태 입에서 나온 말이야. 김영삼 대통령이 통일을 준비하는 목적으로……."

이대수는 한종태와의 만남에서 나온 이야기를 두 사람에게 해주었다.

"북한의 대외 여건이 변화하는 것은 사실이지만 너무 성급한 것이 아닌가 생각됩니다. 정부의 대북 정책을 국민들이 납득하는 선에서 진행을 해야 하는데 이건 너무 큰 자금을 투자하는 것이라서 반발이 예상됩니다."

"저도 정 실장과 같은 생각입니다. 현재 정부가 지원하는 신의주 특별행정구도 구체적인 성과가 나오려면 1~2년이 지나봐야 알 것입니다. 그때의 성과를 바탕으로 해서 차근차근 접근하는 방법을 써야지, 갑작스럽게 많은 자금을 쏟아붓는다는 것은 너무 성급한 것 같습니다. 국민 정서에도 부합되지 않는 일이 될 수 있습니다."

김장우의 말처럼 김영삼 대통령이 통일을 들고 나왔지만, 남북통일에 대해 거부감을 느끼는 사람들도 적지 않았다.

북한과의 통일을 위해서는 천문학적인 돈이 들어갈 수밖에 없고, 그에 따른 국민적 부담도 커질 수밖에 없었다.

일부이지만은 통일을 아예 반대하는 인물들도 있었다. 가난한 북한에 돈을 쏟아붓다가는 우리도 망한다는 논리였다.

"음, 국내에도 인프라를 투자할 곳이 많으니까."

"만약 김영삼 대통령이 여론의 동향과 상관없이 일을 진행한다면 정부는 분명 일정 부분 기업들에게 부담을 줄 것입니다."

김영삼 대통령은 자신이 옳다고 여기는 일은 밀어붙이는 스타일이었다.

"미국과 일본과의 수교에 따른 경제지원금이 어떻게 사용되는지에 따른 감시체계가 구축되어야지만 두 나라가 자금을 내어줄 것입니다. 그 돈이 자칫 군사비로 유용될 수도 있습니다. 또한 현재 진행되고 있는 외교관계 협상이 타결되고 감시체계가 갖추어지려면 적어도 내년 중순은 되어야 할 것입니다."

정용수와 김장우는 최대한 객관적인 입장에서 이야기했다. 이러한 것이 이대수 회장의 판단에 도움이 되기 때문이었다.

"그래, 아무리 북한이 변화하는 모습을 보인다고는 하지만 아직은 그걸로 북한을 믿기는 힘들지. 그렇지만 시간이 걸린다고는 해도 북한이 미국과 일본과의 외교관계 수립은 정부도 기정사실로 보고 있잖아. 그리되면 경제지원금이 되든 경협차관이 되든 간에 두 나라가 지원하는 돈은 북한에 흘러들어 가게 되겠지."

"그렇다고 해도 저희 그룹에서 얻을 수 있는 이익은 제한적일 수밖에 없다고 봅니다. 정부의 바람대로 인프라 구축에 대규모 투자가 되더라도 북한의 체제상 동시다발적으로 남한의 기업들을 끌어들일 수는 없을 것입니다. 지금처럼 신의주라는 특정 지역에 국한되면 모를까 전국적으로는 진행할 수는 없습니다."

정용수 비서실장의 말처럼 북한이 변화를 추구하고 있지만, 부자세습 체제를 바탕으로 한 북한의 통치 방법에 위협이 될 수 있는 개혁·개방을 모든 곳에서 한꺼번에 받아들일 수는 없었다.

남쪽 기업들이 북한의 인프라 구축을 위해 진출한다면 북한 주민들과의 접촉은 필연적이었다.

김정일 시대보다 좋아진 상황이었지만 지금도 북한을 탈출하는 인물들이 있었다.

북한의 김평일도 중국과 러시아 개혁·개방의 장단점을 보면서 북한에 맞는 방법을 계속해서 찾고 있었다.

"그 말도 일리가 있어. 체제 기반이 흔들릴 수 있는 일을 될 수 있으면 하지 않겠지. 김평일이 정권을 잡은 지도 얼마 되지 않았으니까."

"현재 우리 처지에서는 중국과 러시아에 주력하는 것이 타당하다고 봅니다. 저 또한 북한의 시장에서 얻어지는 것은 그리 크다고 볼 수 없다고 생각됩니다. 북한에서 단기적으로는 이익을 볼 수 있겠지만, 그룹에서 조사한 것처럼 중장기적으로는 중국 시장에 비교할 바가 되지 못합니다."

대산에너지의 대표인 김장우의 입장에서는 러시아에 대산그룹이 치중해야만 했다.

만약 그룹의 자금과 지원이 북한으로 분산되면 대산에너지가 현재 그룹 차원에서 지원받고 있는 상황이 바뀔 수 있었다.

그러한 것은 자신과 함께 회사를 이끄는 이중호도 바라지 않은 일이었다.

"음, 고민스러운 일이야. 우선 정부의 움직임을 예의주시하고 그에 대한 정보를 수집해 봐. 그룹의 역량이 한곳에 집중되는 것도 중요한 일이지만, 정부 차원의 북한 투자를 그냥 놓칠 수도 없는 문제니까. 그리고 다른 기업들의 움직임도 살펴보도록 해."

"예, 알겠습니다."

"자료를 수집해 보고드리겠습니다."

두 사람은 이대수 회장의 말에 고개를 숙이며 말했다.

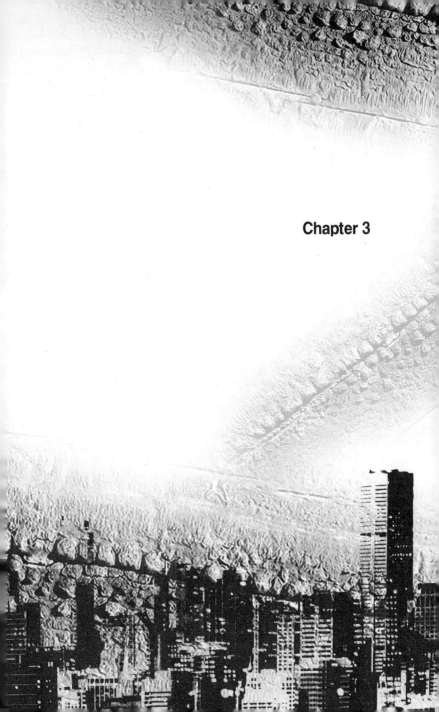

Chapter 3

　한국으로 출발하려는 날 급하게 평양에서 연락이 왔다.
김평일이 날 만나고 싶다는 연락이었다.

　일정을 바꿔 곧장 평양으로 향했다.

　신의주역에서 기차를 타고 가는 여정에 본 풍경은 여전
히 어려움 속에 살아가는 북한의 모습이었다.

　신의주는 급격한 변화가 이루어져 가고 있지만 다른 지
역들은 아직까지 별다른 변화의 모습이 느껴지지 않았다.

　나무가 보이지 않는 민둥산투성이인 북한의 산과 들녘도
전혀 달라지지 않은 풍경들이다.

하지만 기차에 타고 있는 북한 주민들의 모습은 다들 활기가 차 있었다.

신의주 자유시장에서 물건을 구매해서 돌아가는 상인들로 가득 찬 기차 안은 북한의 달라진 풍경이기도 했다.

북한 정부는 주민들의 여행을 이전보다 자유롭게 할 수 있게 했고, 장마당과 별도로 각 지역의 자유시장을 더욱 확대했다.

북한 당국이 공식적으로 인정하는 자유시장은 전국적으로 200여 개로 늘어났고, 그곳에서 거래되는 물건들도 확대되었다. 또한 이곳에서 거둬들이는 세금도 늘고 있었다.

기차가 평양역에 도착하자 나를 기다리는 차량이 준비되어 있었다.

나를 태운 벤츠는 김평일의 집무실이 있는 주석궁으로 곧장 향했다.

"하하하! 어서 오십시오. 무척이나 바쁘신 분을 오라 가라 해서 미안합니다."

"하하하! 아닙니다. 김평일 지도자동지께서 연락을 취하셨는데 당연히 와야지요."

김평일은 반갑게 손을 내밀며 말했다. 그는 내가 내민 손을 잡자마자 나를 가볍게 안아 반가움을 표시했다.

"자, 이리로 앉으시지요. 긴히 드릴 말씀이 많습니다."

김평일이 가리킨 소파에 앉았다. 방에는 나와 김평일 단 둘뿐이었다.

"미국과의 외교관계 수교 협상이 잘 진행되고 있습니다. 한데 문제는 중국이 제동을 걸고 들어왔습니다."

북한은 미국으로부터 최대한의 유리한 조건들을 받아들 이기 위한 협상에 매진하고 있었다.

또한 신의주 특별행정구에서 생산되는 제품을 북한 제품 으로 인정해 달라는 요구와 함께 북한 제품에 대한 북미자 유무역협정(NAFTA)과 같은 특별관세를 적용 시켜 달라는 요청도 함께했다.

미국은 동북아질서의 큰 변화와 영향력 확대를 가져올 수 있는 북미 외교관계 수립을 위해서 북한의 요구를 긍정 적으로 검토 중이었다.

"어떤 일로 말입니까?"

"우리가 미국과의 외교관계 수립은 환영하지만 대신 남 쪽에 배치된 미군의 철수를 요구하라는 요청이었습니다. 아마도 한반도에 대한 미국의 영향력 확대를 우려하는 것 같습니다. 그래야지만 우리가 요구하는 신의주 특별행정구 에 대한 특별관세를 허락해 주겠다는 의사를 전달해 왔습 니다."

김평일의 말처럼 북한이 미국과 외교관계가 수립되면 한

반도 대한 미국의 영향력이 확대될 수밖에는 없었다.

더구나 자유화 물결의 유입으로 인해 북한 정권의 붕괴가 발생하여 한반도의 통일이 갑작스럽게 이루어졌을 때, 남한에 주둔하는 미군의 북상을 중국의 지도부는 염려하고 있었다.

"음, 쉬운 문제가 아니네요. 미국이 이걸 받아들일 수 있을지 모르겠습니다. 더구나 남한 정부와 국민이 반대하면 미군 철수가 이루어지기가 힘들 것입니다. 이 문제는 지도 자동지께서 김영삼 대통령을 직접 만나서 허심탄회하게 이야기를 나누어야만 풀릴 문제인 것 같습니다."

미군 철수 문제는 국가안보와 함께 국내 정치적인 변수뿐만 아니라 주변 나라들의 이해 변수까지 복잡하게 얽혀 있었다.

그러나 자주국방의 길로 들어서려면 향후 미군철수는 반드시 고려해야 할 문제였다.

"음, 저도 그런 생각을 했습니다. 남북한 군비감축 문제도 해결을 지어야 하니까요."

김평일도 중국의 요구를 듣고는 다각적으로 검토했지만 뚜렷한 방법을 찾을 수가 없었다.

"그리고 미군철수가 안 된다면 남한에 주둔하고 있는 미군 병력의 축소를 통한 조건을 중국에 전달해야 할 것입니다. 중국이 받아들일 수 있을 정도의 축소가 이루어지면 우리가 요구한 조건을 받아들일 수 있게 말입니다. 또한 미군의 완전 철수가 이루어진다면 10년이 아닌 20년까지 특별 관세를 중국에 요구하는 것도 한 방법일 것 같습니다."

"하하하! 좋은 묘안입니다. 이래서 강 회장님을 뵙자고 한 것입니다."

김평일은 만족스러운 표정으로 웃었다. 그는 북한을 개혁하여 동유럽과 중국보다 더 잘살 수 있는 토대를 마련하고 싶어 했다.

그러기 위해서는 개혁·개방은 필수조건이었고 미국과의 관계개선도 필요했다.

미국과 외교관계가 수립되면 상당한 투자를 미국뿐만 아니라 다른 나라에서도 받을 수 있기 때문이다.

경제를 부흥시킬 돈이 없다면 모든 것이 공염불이기 때문이었다.

서울로 돌아오자마자 룩오일NY의 관계자들과 닉스홀딩스의 속한 회사 대표들과 연속된 회의를 열었다.

정부의 대북 투자와 관련된 정보를 김평일에게 들었기 때문이다.

정부는 비밀리에 청와대 정책비서관을 보내어 북한 인프

라 구축을 돕겠다는 김영삼 대통령의 친서가 담긴 서류를 전달했다.

"현재 북한은 무엇보다 가장 시급한 것은 전력난 해결입니다. 시베리아 파이프라인이 연결되지 않은 상태에서 현재 줄어드는 원유 도입과 전력난으로 산업시설 가동률이 40% 이하로 떨어졌습니다. 더욱이 원유도입은……."

닉스홀딩스의 북한정책팀을 맡고 있는 김일준 실장의 말이었다.

북한은 현재 원유 도입과 관련되어 90년을 전후해 연간 2백60만t 규모였지만 91년에는 1백89만t으로, 92년에는 175만t으로 해마다 격감했다.

북한의 에너지원의 8%를 차지하는 원유를 그동안 대부분 구소련과 중국에서 수입해왔다.

그러나 구소련 붕괴 후 에너지 교역간행이었던 낮은 가격의 구상무역을 시장가격의 경화(달러) 결제로 요구받으면서 러시아로부터의 원유 도입이 거의 중단된 상태다.

중국과도 그동안 가격을 무연탄이나 시멘트로 제공하는 구상무역으로 원유를 공급하는 협정으로 시장가격보다 50% 낮은 가격으로 연간 1백50만t의 원유를 공급받아왔다.

그러나 92년부터는 중국이 국내 사정을 들어 부분적인

대금결제를 요구하면서 중국의 원유 도입 또한 어려워진 상황이다.

"북한의 전력 구성은 수력발전이 53%이며 화력발전은 47%입니다. 점차 화력발전의 비중이 높아지고 있으며 화력 발전의 대부분은 석탄 화력이며 가스나 원자력발전은 가동하지 않고 있습니다. 현재 기준으로 해서……."

현재 북한의 발전설비 용량은 9백50만kW로 남한의 2천4백5만kW의 39%이며 발전량은 남한의 42% 규모였다.

문제는 석탄의 생산력 감소와 저질탄 양산에 따른 낮은 열효율과 함께 수력발전 자원의 한계, 그리고 송배전 설비들의 노후화에 따른 중간 단계에서의 전력 손실, 지상 공장보다 30% 정도의 추가 전력이 소요되는 지하 군수공장의 운영 등이 전력난을 더욱 악화시키고 있었다.

"그렇다면 정부가 지원하는 자금이 전력난 우선적으로 투입되겠군요."

"예, 저희나 통일부가 보는 관점은 같습니다. 인프라 구축의 최우선은 전력난을 해결하는 것입니다."

"전력난 해결방안은 어떤 것이 있습니까?"

"먼저 석탄 증산과 함께 노후화된 설비를 개보수해야 합니다. 그리고 100~1,000kW급의 중소형 발전소 건립과 함께 풍력, 소수력, 태양열 그리고 신의주에 짓고 있는 LNG 복합화력발전소와 같이 에너지원의 다양화가 필요합니다."

소수력 발전은 설비 용량이 1만5천kW 미만의 소규모 수력 발전을 의미했다.

국내에서는 보통 3천kW 미만을 소수력 발전으로 부르고 있다.

"닉스E&C가 새로운 공사가 진행되면 감당할 수 있겠습니까?"

닉스E&C가 담당하는 공사들이 자이르공화국, 러시아, 중국, 북한은 물론 한국에도 공사가 진행되고 있었다.

상당한 인력을 지속해서 충원하는데도 늘어나는 공사에 닉스E&C는 눈코 뜰 새가 없었다.

"솔직히 조금 벅차다고 말씀드릴 수밖에 없습니다. 러시아의 공사들이 마무리되기 시작하는 올해 말이 지나야만 가능할 것 같습니다. 더구나 새롭게 진행되고 있는 정유공장과 화학공장으로 인해 인력 수급에 어려움이 있습니다."

닉스E&C의 대표인 박대호의 말이었다. 거기에 닉스홀딩스에서 검토 중인 제철소까지 이어지면 북한의 인프라 공사에 돌릴 여력이 없었다.

"당장 공사가 시작되지는 않을 것입니다. 닉스E&C가 우선적으로 추진해야 할 상황을 북한정책팀과 협의를 하십시오. 건설인력들은 신의주 특별행정청에서 최우선으로 닉스 E&C를 지원할 것입니다."

신의주 특별행정청과 북한 정부는 건설인력에 대한 협약을 맺었었다.

특별행정청이 주관하는 공사는 물론이고 북한의 건설인력을 해외로 파견하는 사업에서도 특별행정청이 독점적으로 인력 파견을 주관하는 계약이었다.

"그리고 제철소 설립을 추진하는 사업팀을 만드십시오. 자금과 관련된 부분은 룩오일NY와 협의를 하시고요. 회의는 여기까지 하겠습니다."

"예, 알겠습니다."

마지막으로 닉스홀딩스의 김동진 비서실장에게 지시를 하고는 자리에서 일어났다.

김동진 비서실장이 이야기한 제철소 사업은 내년 초에 진행하기로 마음먹었다.

원유가 상승으로 인해서 룩오일NY이 이익이 늘어나고 있었다.

또한 아직 집행하지 않은 동시베리아 파이프라인 공사와 관련된 2차, 3차에 대한 자금도 고스란히 소빈뱅크에 잠자고 있어 동원할 현금이 풍부했다.

조상태는 나에게 정중히 코냑을 따라주었다.

"모든 것은 회장님의 덕분입니다. 이건 회장님께서 주셨던 돈에 이자까지 포함했습니다."

조상태가 자신에 품에서 꺼낸 통장을 내게 내밀었다. 조상태가 강남을 차지할 수 있도록 지원했다.

그는 그 돈으로 조직을 만들고 강남파와 신세계파에 대항했다.

"후후! 이자라… 내가 투자금을 받는 건가?"

통장을 받아 펼쳐보았다. 통장에는 40억이 찍혀 있었다.

내가 조상태에게 건넨 20억이 두 배로 돌아온 것이다.

"아닙니다. 조직에서 나오는 이익금을 지속적으로 회장님께 보내드릴 것입니다."

"내가 돈을 바라고 조 대표를 지원했다고 생각하나?"

내 말에 조상태는 순간 움찔했다.

"그러면 어떤 일 때문인지 여쭤봐도 되겠습니까?"

"신세계파와의 좋지 않은 인연 때문이겠지."

"죄송합니다. 그때는 정말 제가 회장님을 몰라뵈었습니다."

조상태는 자신이 연루되었던 예인이의 납치 사건을 이야

기하는 것으로 생각했다.

"신세계파의 암살단은 어떻게 되었나?"

내가 조상태를 통해 신세계파를 무너뜨린 가장 큰 이유는 신세계파의 암살단의 실체를 파악하고 있다는 것이었다.

거기다 명성전자 사장이었던 김충수 사장의 아들인 김성수를 죽음으로 이끈 김욱에 대한 복수 때문이었다.

"강남파와의 충돌로 두 명이 죽었습니다. 나머지 세 명은 모두 김기춘과 함께 모습을 감췄습니다."

강남파의 본거지인 강남타워를 침입했던 두 명의 암살단원은 탈출하지 못했다.

"음, 암살단이 모습을 감췄다라… 놈들의 신상을 아는 인물은 누가 있지?"

"암살단은 김욱의 비서실장인 김기춘이 관리했습니다. 김욱과 김기춘 외에는 암살단원의 신상을 아는 인물은 조직 내에 없었습니다."

"김기춘의 행방을 모르는 건가?"

"김욱이 구속되고, 경찰이 추적하자마자 모습을 감췄습니다. 제가 알아본 바로는 중국으로 밀항한 것 같습니다."

"중국에 근거지가 있나?"

"중국의 삼합회와 몇 번 거래한 적이 있었습니다. 그들에게 도움을 요청할 수도 있습니다."

"삼합회와는 어떤 거래를 했지?"

"히로뽕입니다. 지금은 모든 거래를 중단했습니다."

"김기춘의 행방은 계속 쫓도록 해. 조직은 잘 정리되었나?"

"예, 행방이 확인되는 대로 보고드리겠습니다. 조직 같은 경우는 회장님의 말씀대로 양 조직이 행했던 도박과 매춘, 마약 사업은 모두 정리했습니다. 그리고 그에 반발하는 인물들은 조직에서 내보냈습니다. 또한 조언해 주신대로 조직의 수입을 위해서 빌딩임대사업과 연예기획사업을 새롭게 시작할 준비를 하고 있습니다."

어느 나라에서도 폭력조직을 근절할 수는 없었다. 자연의 순리처럼 언 땅이 녹으면 새싹이 돋아나듯이 폭력조직을 와해시켜도 그 자리를 차지하는 새로운 폭력조직이 또다시 생겨났다.

신세계파와 강남파가 사라졌다고 해서 강남에 폭력조직이 없어지는 것이 아니었다.

차라리 폭력조직을 폭주하지 못하게 제어할 수 있는 장치를 갖추어 관리하는 것이 나았다.

나는 시민들에게 피해를 줄 수 있는 사업을 정리하라고

조상태에게 말했다.

그리고 아직 체계적이지 못한 국내 연예기획사와 두 조직이 가지고 있던 건물들을 이용한 빌딩관리 사업을 진행해 보라고 했다.

또한 가로수길과 논현동에 노후 주택들을 사들여 작은 빌딩과 고급빌라로 전환하는 사업과 함께 말이다.

이러한 사업은 닉스홀딩스가 나서서 할 수 있는 사업이 아니었다.

"사업을 하기 위해서는 주먹보다 머리를 쓸 수 있는 친구들이 필요하지. 그런 친구들을 영입하고 중용하다 보면 기존 조직에 있던 인물들이 소외된 느낌이 들고 반발이 생길 수 있을 거야. 그러한 것까지 충분히 고려해서 움직여야 해."

'분명 나이가 이십 대 초반일 텐데, 어떻게 이런 생각들을 할 수 있을까? 정말이지 믿긴 힘든 일이야······.'

조상태의 머릿속에 든 의구심은 나를 만날 때마다 커졌다.

"예, 무슨 말씀인지 알겠습니다."

"또 하나, 모든 것을 소유하려고 하지 마. 함께하는 사람들이 공감할 수 있도록 나누어주라고. 전국을 대표하는 강남의 두 조직이 이렇게 쉽게 무너진 이유가 무엇인지 조 대표도 잘 알 거야."

두 조직 다 내부에서 발생한 배신자들로 인해서 더 빨리 무너지는 결과로 이어졌다.

조상태가 두 조직을 접수할 수 있었던 것도 내부의 도움이 없었다면 쉽게 이룰 수 없는 일이었다.

"예, 저도 돈에 대해서는 큰 욕심이 없습니다. 폭력조직이라는 타이틀을 떼고 싶을 뿐입니다. 저 또한 불법적인 일들을 많이 저질렀지만, 할 수 있는 일이 없었기 때문에 했던 일도 많았습니다. 제가 거느리고 있는 식구들을 떳떳하게 부양하고 싶은 마음뿐입니다."

내가 조상태를 선택한 이유는 아직까지 그에게서 사람 냄새가 나기 때문이었다.

하지만 그동안 내가 겪었던 조직폭력배들은 인간의 탈을 쓴 짐승들이었다.

"앞으로 그 마음을 계속 가지고 가야 할 거야. 그렇지 않다면 가람협회가 다른 간판으로 바뀔 수 있을 테니까."

나는 잔에 든 코냑을 마신 후 조상태에게 잔을 내밀었다.

"무슨 말씀인지 잘 알겠습니다. 앞으로 실망하게 해드리지 않겠습니다."

내가 내민 잔을 두 손으로 받아든 조상태는 확신에 찬 말로 술을 받았다.

강남을 장악한 가람협회는 앞으로 많은 일을 하게 될 것이다.

러시아의 마피아 조직이 나를 돕는 것처럼…….

Chapter 4

　오랜만에 이동수를 만났다. 다음 주에 입대를 앞두고 있었다.

　"오늘은 바쁘지 않은 거지?"

　동수는 날 보자마자 물었다. 몇 번 술자리를 함께하다가 회사 일로 술자리를 떠난 적이 있었다.

　"하하! 그래. 오늘은 모든 것 내려놓고 나왔다."

　"그래야지. 이 형님이 군대에 가는데 위로를 해주어야지. 자! 한잔 따라봐라."

　동수는 술잔을 내게 내밀었다. 동수와 만나면 늘 동동주를 마셨다.

"몸 건강히 잘 갔다 와라."

"그래, 고맙다. 면회도 자주 오고."

"시간 나는 대로 갈게. 자대 배치되면 바로 알려주고."

"그래, 이 형님이 네 몫까지 열심히 복무할 테니까."

동수는 산업체 병역특례병으로 근무 중인 날 놀리듯 말했다.

"나도 나라 발전에 이바지하면서 근무하고 있는 거야."

두 번이나 군대에 가기는 싫었다. 더 큰 이유는 지금 이끌어가고 있는 사업을 중단할 수 없기 때문이었다.

"야, 말을 똑바로 해야지. 출퇴근하면서 하는 복무는 진정한 군 생활이 아니지."

"그래, 알았다. 휴가 나오면 내가 원 없이 술 사주마."

"접수했어. 오늘도 확실히 책임져야 한다."

"알겠습니다. 3차까지 확실하게 모시겠습니다."

"OK! 마시자."

동수와 함께하는 술자리는 항상 즐거웠다. 우리 두 사람이 생각하는 방향과 이전에 살았었던 환경도 비슷한 것 때문인지 죽이 잘 맞았다.

종로 피맛골에서 1차를 끝낸 우리는 장소를 신촌으로 옮겼다.

동수가 락카페를 가고 싶다는 말 때문이었다. 어려운 생활에 쫓기다 보니 동수는 강의가 끝난 이후에는 온종일 과외를 했다.

내가 도움을 주려고 했지만, 동수는 단호하게 거절했다. 그리고 매달 내가 빌려주었던 돈을 갚아나가고 있었다.

안으로 들어서자 신나는 음악이 들려왔다.

"이야! 분위기 완전히 다른데."

"그럼, 피맛골 주점과 같겠냐?"

놀란 사슴처럼 두 눈을 크게 뜬 동수가 입을 벌리며 말했다.

토요일 밤이라 락카페는 사람들로 가득 차 있었다.

이동수와는 밤새도록 함께했다.

어디서 춤을 배웠는지는 모르겠지만, 동수는 생각보다 춤을 잘 췄다.

그리고 나도 동수에게 맞춰주자 자연스럽게 주변 사람들의 관심이 모였다.

그 때문인지 여자 쪽에서 먼저 부킹이 들어왔다.

오늘 하루 동수에게 모두 내주기로 했기 때문에 별말 없이 여자들과 합석했다.

두 명의 여자는 이대에 다니는 친구들이었고 우리보다

한 살 어렸다.

"원래 춤을 찰 추시나 봐요?"

내 옆에 앉은 여자는 귀여운 스타일의 친구였고, 이름은 김소영이었다.

"아니요. 그냥 친구 따라서 몸을 흔드는 것뿐입니다."

"제가 볼 때는 아닌데요. 오히려 친구 분보다도 잘 추시던데요."

김소영은 내게 관심을 보였다. 그도 그럴 것이 우리 두 사람이 서울대생이라는 것을 밝혔기 때문이다.

명문대생이라는 것이 여자들에게 더 관심을 불러일으키는 요소이기도 했다.

동수와 그 옆에 앉은 친구도 이야기를 하면서 흰 이를 자주 드러내고 있었다.

동수를 마음에 들어 하는 것 같았다.

"그런가요?"

"예, 제 눈에는 여기에 있는 사람들 중에서 가장 잘 추시던데요. 그리고 되게 멋스럽게 춤을 춘다는 느낌이 들었어요."

"너무 잘 봐주셨네요."

난 김소영의 말에 단답형으로만 대답했다.

"그런데 별로 말이 없으신가요? 제가 물어보는 말에만

대꾸하시니······."

앞에 있는 동수와 그의 파트너는 무슨 이야기를 나누는지 숨이 넘어갈 정도로 웃고 있었다.

"예, 제가 좀 무뚝뚝해서요."

"그러시구나. 혹시 제가 마음에 들지 않아서인가요?"

김소영은 동수처럼 적극적이지 않은 내 모습에 실망한 눈빛이었다.

"그게 아니라, 제가 말을 좀 못하고 낯을 많이 가립니다."

동수의 분위기를 망치고 싶지 않았다.

"후후! 그러시구나. 손 좀 한번 줘보시겠어요?"

"손이요?"

"예, 제가 손금을 좀 보거든요."

김소영의 말에 오른손을 내밀었다. 그녀는 유심히 내 손바닥을 쳐다보았다.

"어! 되게 이상하네. 선들이 모두 거꾸로 되어 있어요. 이런 손금은 처음 봐요."

김소영의 말처럼 가로로 이어져야 하는 두뇌선이나 감정선 등의 손금들이 모두 세로로 세워져 있었다.

더구나 생명선은 아예 보이지 않을 정도로 희미했다.

'정말 그러네. 예전에는 이러지 않았었는데······.'

"이걸 어떻게 봐야 할지 모르겠네요. 생명선을 보면 큰일을 당하거나 죽을 정도의 사고가 일어났어야 하는데……. 어린 시절에 무슨 사고가 있으셨어요?"

'큰일이 일어났었지…….'

"아니요, 그런 적은 없는데."

"희한하네. 잠시만요, 놀라지는 마시고요."

동수와 그 파트너가 춤을 추러 나가자 김소영은 눈치를 보다가 입을 오므렸다.

휘이익! 휘이익!

김소영은 말을 하고는 짧은 휘파람 소리를 연속해서 냈다.

그러자 그녀의 눈꺼풀이 파르르 떨리더니 김소영의 입에서 낯선 목소리가 들렸다.

마치 나이 든 노파의 목소리였다.

"허허! 세상의 순리를 완전히 뒤집어 버릴 놈일세. 도대체 몇 개의 목숨을 가지고 있는 것이냐? 운명을 먹어버리고, 죽음도 삼켜 버렸으니……. 세상천지가 너로 인해 요동치고 흔들릴 것이야. 넌 그 대가를 반드시 치르게 될 것이고……."

'허! 이게 무슨 소리지? 접신을 한 건가?'

난 놀란 눈을 한 채 김소영의 말을 아니 노파가 하는 말을 들었다.

말은 거기까지였고, 검은 눈동자가 순간 사라졌던 김소영의 눈은 원래대로 돌아왔다.

시끄러운 음악 때문인지 주변에 있는 사람들은 지금 김소영이 한 말을 들을 수가 없었다.

동수와 그의 파트너도 춤을 추러 나갔기 때문에 김소영의 행동을 보지 못했다.

"제가 무슨 말을 했지요?"

"아, 예. 지금 뭘 한 거죠?"

"사실 제가 좀 신기가 있어요. 엄마 쪽 집안 내력이기도 하고요. 태수 씨의 손금이 너무 이상해서 제가 한 번 할머니를 불러봤어요. 어린 시절부터 알게 된 능력이에요. 제가 뭐라고 하던가요?"

"모르고 한 말인가요?"

"평소에는 입에서 나온 말들이 귀로 들렸는데, 오늘은 이상하게 아무것도 들리지 않았어요. 마치 듣지 말아야 하는 말처럼 귀를 솜으로 꽉 막아놓은 것처럼요."

'음, 신기가 있었구나. 한데 목숨이 몇 개라니……. 그게 무슨 뜻이지?'

"그냥, 세상을… 순리대로 살아가면 좋은 일이 있을 거래요."

"아, 특별한 거는 없었네요. 제가 좀 이상하게 보이셨죠? 자꾸만 할머니가 자신을 부르라고 말을 붙여서요. 전에는 이런 적이 없었거든요."

말을 하는 김소영의 얼굴이 붉어지며 당황스러워했다. 자신의 이러한 모습을 처음 만난 사람에게 보여준다는 것이 쉬운 일은 아니었다.

"아닙니다. 덕분에 저도 좋은 걸 알게 되었으니까요."

"전부는 믿지 마세요. 그냥 재미로 하는 이야기로 들으세요."

김소영은 웃으면서 말하는 그녀의 표정은 아쉬움이 묻어 나왔다.

자신이 드러내고 싶지 않은 모습을 보여준 것이 싫어진 것이다.

"예, 그럴게요. 술 한 잔 하실까요?"

"예, 주세요."

난 그녀의 빈 잔에 맥주를 따라주었다.

자정이 다 되어서야 락카페에서 나왔고, 두 사람은 근처에서 함께 하숙하고 있다는 얘기를 들었다.

동수와 그의 파트너는 삐삐 번호를 교환했지만 난 그러지 않았다.

김소영은 처음과 달리 날 어려워했다. 아마도 그녀가 보이길 싫어하는 모습을 보았기 때문일 것이다.

동수랑 헤어지고 집으로 돌아오는 내내 김소영이 한 말이 내 머릿속을 떠나지 않았다.

그리고 달라져 버린 손금을 자꾸만 바라보았다.

*　　　*　　　*

행복찾기의 김인구 소장이 날 찾아왔다.

"안녕하셨습니까? 너무 바쁘셔서 뵙지를 못하겠습니다."

"하하하! 그러셨습니까? 그동안 잘 지내셨습니까?"

김인구의 말에 난 웃으면서 말했다. 그의 말처럼 난 시간이 갈수록 더 바빠졌다.

"지시하신 일 때문에 잘 지내지는 못했습니다."

김인구는 능청맞게 앓는 소리를 하며 소파에 앉았다. 행복찾기는 정보 팀과 별도로 움직였고, 흑천에 대해서 전담하고 있었다.

인력 보강도 되어서 여직원까지 이제는 일곱 명이 움직였다.

모두 김인구가 데려온 인물들로 경찰에서 이름깨나 날렸던 인물들이었다.

다들 김인구처럼 여러 문제가 얽혀서 퇴사한 인물들이기

도 했다.

"하하! 너무 무리하지는 마십시오."

"예, 그렇게 하겠습니다. 오늘은 특별히 보고드릴 말씀이 있어서 찾아왔습니다."

"뭔가를 찾으셨습니까?"

"글쎄요. 이게 흑천이라는 집단과 연관이 된 것인지는 모르겠지만, 현재 대학가 중심으로 기수련과 기치료와 관련된 한 단체의 회원 수가 급속히 늘어나고 있습니다. 한데 이 단체가 보여주는 모습이 일반적인 기수련 단체와는 다른 모습입니다."

"어떻게 말입니까?"

"기와 함께 무술을 가르친다고 하는데, 이게 일반적인 무술이 아니라고 합니다. 제가 들은 바로는 무술을 가르치는 사범들은 맨손으로 바위를 깨는 것은 물론이고 수십 미터의 절벽을 새처럼 날아서 오른다고 합니다. 더구나 불치병도 고치기도 해서 사람들이 몰려든다고 합니다. 특히나 젊은 대학생을 우선적으로 끌어들인 다음 일정한 등급이 되어야만 수련에 참여할 수 있다고 하는데……."

참선이나 요가, 단전호흡, 기공, 초월명상, 국선도, 태극권, 선무도 등 다양한 이름으로 기와 관련된 단체들이 활동하고 있었고 사람들을 끌어들였다.

하지만 이들은 젊은 사람들에게 그다지 인기를 얻지 못했고, 건강을 생각하는 중년 이상의 사람들이 관심을 둘 뿐이다.

"일정한 등급에 오른 사람들에게만 선보이는 모습들인데, 보통 사람들이 상상할 수 없는 모습들이라 실제로 그 모습을 보고 빠져드는 대학생들이 많다고 합니다. 종교적인 색채도 띠어서 수련비와 별도로 천복(天福)이라는 일종의 헌금을 낸다고 합니다. 단체의 이름도 천복인데……."

김인구가 이야기하는 천복은 대학생들에게 이슈가 될 정도로 대학가에 퍼지고 있었다.

서울에 있는 주요 대학마다 연합단체가 만들어져 많은 학생들이 가입했다.

천복의 가르침은 세상에는 하늘이 선택한 특별한 존재들이 있고, 그 존재들이 세상을 다스려야만 이 땅에 진정한 평화와 자연의 질서가 잡힌다고 가르쳤다.

그들은 자신들을 천인들이라 불렀다.

그리고 천복에 가입하여 수련하는 이들은 중인과 지인, 선인들로 나누었고, 이들 중에서도 참된 깨달음을 얻으며 천인이 된다는 말을 했다.

문제는 천인으로 불리는 인물들이 보여주는 모습들이 대

단하다는 거였다.

김인구 소장이 말해주고 있는 천복의 가르침은 흑천의 사상과 비슷했다.

흑천의 사상은 그 안에 속한 인물들만이 하늘에 선택되었고, 선택된 흑천인만이 세상을 구하며 지배할 수 있는 논리였다.

"음, 듣고 보니 흑천의 사상과 비슷하네요. 무술을 직접 가르치는 것입니까?"

"천복에서 말하는 일정한 수련이 끝나고 그들의 테스트에 통과하면 가르친다고 들었습니다."

"음, 직접 보시지는 않으셨지요?"

휴학하고 나서는 학교에 가보지 않아 이러한 단체를 들어보지 못했다.

하지만 학교 동아리들 중에는 옛것을 동경해 택견과 국선도 등을 수련하는 동아리도 있었다.

"예, 지금은 대학생들만이 가입할 수 있고, 이미 천복에 가입된 회원이 추천하는 사람만 가입할 수 있다고 합니다. 한데 그 숫자가 생각보다 빠르게 늘고 있습니다."

"알겠습니다, 좀 더 알아보십시오. 저도 별도로 알아보겠습니다."

"예, 그러지요. 아, 그리고 지인이 되면 천복에서 모든 학비를 지원한다고 하네요."

천복에 가입하는 학생들 중 상당수가 가난한 고학생들이
었다.

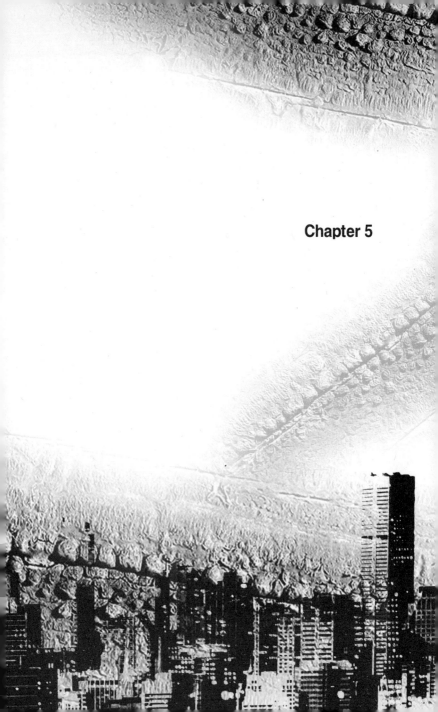

Chapter 5

　한옥과 현대양식을 접목한 건물 3층에는 이십여 명의 남녀가 가부좌를 틀고 명상에 잠겨 있었다.

　"너희는 세상을 바꾸기 위해 선택된 사람들이다. 천인의 길로 걸어가기 위해서는 희생과 고통을 감수해야만 한다. 그것이 세상을 바꿀 힘이다."

　앞쪽에서 이야기를 전하는 인물은 삼십 대 후반으로 보이는 인물이었다.

　"지인의 길에 들어선 너희가 선인이 되기 위해서는 필연적으로 거쳐야 할 통과의례가 있다. 하늘의 복을 쌓기 위해서는 너희가 가장 소중하다고 여기는 것을 버려야만 한다. 그것이 가족이든, 애인이든, 친구이든 하등에 상관없이 말이다. 그것이 선택된 자의 길이다. 이번에 천복궁에 올라가면 너희는 2년간 세상과 단절된다. 그 시험에 통과해야만 선인의…….”

사내의 말에 젊은 남녀의 얼굴들에는 여러 가지 복잡한 생각들이 꿈틀댔다.

그리고 드러나지 않은 뒤쪽에서 그 모습을 바라보고 있는 인물은 흑천의 호운단을 이끄는 자명이라는 인물과 홍무영 장로였다.

“저들이 세상을 더욱 어지럽게 할 것입니다.”

“후후! 닭을 잡는데 소 잡는 칼을 쓸 수 없으니까. 천복궁에 들어가는 인원이 얼마나 되지?

“올해는 97명입니다.”

“많다고는 할 수 없군.”

“예, 하지만 이번에는 가능성이 큰 인물들로 추렸습니다.”

“그래야지. 아무리 한 번 쓰고 버리는 놈들이라고는 하지만 제대로 된 놈들이어야만 한다.”

“예, 저들은 다음 대선 때에 큰일들을 해낼 것입니다.”

“후후! 불에 뛰어드는 부나방처럼 제 몸을 한껏 불타오르게 해주어야지."

"지금도 제 한 몸을 불사르기 위해서 달려들 친구들이 절반이 넘습니다."

"하하하! 듣기 좋은 말이야. 이제는 흑천이 세상에 드러날 때가 다가오고 있다. 그 시발점이 다음 대선이야. 그렇기 때문에 부나방의 역할이 큰 것이다."

"예, 명심하겠습니다."

홍무영 장로의 말에 자명은 고개를 숙이며 답했다.

며칠 동안 김소영이 들려주었던 말들이 머릿속을 떠나지 않았다.

'죽음을 삼켜 버린다고…. 세상의 순리를 뒤바꾸는 게 아니라 바로 잡으려고 하는 것인데…….'

"죽음을 비껴가기는 했지. 지금의 내 모습이 나 또한 믿어지지가 않으니까."

간만에 운동을 위해서 자주 찾던 북한산 봉우리에 올랐다. 이른 새벽에 상큼한 공기가 코와 입으로 밀려들었다.

산 너머 아침을 알리는 붉은 해가 서서히 자신이 존재를 드러내기 시작했다.

강렬한 햇살은 세상을 살아가는 모든 생명체들이 공평하게 누리고 있는 신의 선물이었다.

밝은 빛이 산 정상에 버티고 있는 어둠을 몰아내자 새들은 더욱 활기차게 지저귀기 시작했다.

"역시! 매번 보아도 정말 아름다운 모습이야."

햇살이 뿌려지는 산 정상에서 바라보는 서울의 절경은 절로 감탄사를 내뱉게 만들었다.

"휴! 시작을 했으니 어떻게든 끝은 봐야겠지⋯⋯."

나는 깊은 숨을 토해내며 몸을 움직이기 시작했다.

새롭게 시작된 삶은 가난 아기가 기는 것부터 배우는 것처럼 작은 사업으로 시작했다.

먹고사는 것을 걱정하지 않기 위해 시작한 용산전자상가에서의 사업이 오늘날처럼 이렇게나 커질지 몰랐다.

자리가 사람을 만드는 것인지는 모르겠지만 밑에 거느리고 있는 사람들에게 적재적소의 일들을 지시하고 나아갈 방향을 막힘없이 제시했다.

나에게 그런 능력이 있는지도 몰랐다.

새로운 세상에서 무한한 능력이 주어진 것처럼 난 세상을 호령하고 있었다.

"이얍!"

하늘로 승천하는 용처럼 허공을 몸을 날려 양발로 연달아 허공을 찼다.

허공에서 떨어지는 몸을 회전하여 다시금 하늘로 더 높

이 치솟았다.

'운명의 주사위는 던져졌어……. 그러나 주사위의 숫자가 무엇이 나올지는 내가 결정한다.'

"이얍! 차!"

우렁찬 기합 소리가 산 정상을 크게 울렸다. 그 소리에 놀란 산새들이 날아가는 모습이 눈에 들어왔다.

움직임이 빨라질수록 온몸에서 굵은 땀방울이 비 오듯 쏟아져 내렸다.

*　　　*　　　*

뉴스에서는 김영삼 대통령의 평양 방문을 속보로 내보냈다. 이번 달 말에 김평일 위원장의 서울 방문에 대한 답방 형식으로 평양을 방문한다는 내용이었다.

이번 방문을 통해서 군비감축과 남북한 경제 협력 방안에 대해 포괄적으로 다루게 될 것이라는 말도 전했다.

언론들은 남북한의 신데탕트(긴장 완화)가 열렸다는 말들을 쏟아냈다.

북한 군사력의 절대적인 축이 되는 병력에 대한 감축 방안을 허심탄회하게 논의를 할 것이라는 정보도 흘러나왔다.

이미 북한은 병력을 감축하겠다는 발표를 했지만, 남한에서는 그걸 두 눈으로 확인할 방법이 없었다. 이번 회담에서 그에 대한 상호 감시 방안까지 마련하기로 한 것이다.

김영삼 대통령은 4박 5일간의 일정이었지만 북한을 방문하는 실무진들은 6박 7일간으로 일정이 잡혀 있었고, 협의 과정에서 일정은 더 늘어날 수 있었다.

김영삼 대통령의 방북 소식을 언론으로 접한 국민들의 기대는 컸다.

특히나 북쪽에 고향을 둔 실향민들의 기대는 더욱 커질 수밖에 없었다.

이산가족 상봉을 위한 전담부서 설치와 함께 판문점 근처에 상시 이산가족의 만남을 이어갈 수 있는 장소를 마련하겠다는 통일부의 발표가 이어졌기 때문이다.

또한 신의주 특별행정구와 별도로 새로운 남북한 공단 설립도 진행할 것이라는 이야기도 흘러나왔다.

"정부의 기대가 큰 것 같습니다."

닉스홀딩스의 김동진 비서실장이 보고서를 올리면서 말했다.

"김평일 위원장의 행보가 이전 북한 지도자와는 다르니까요. 하지만 아직 북한의 경제는 신의주와 평양을 제외하면 변화의 속도가 더디기만 합니다."

김평일이 권력을 손에 넣었지만 경직된 북한 사회는 러시아처럼 진통을 겪고 있었다.

김평일이 경제 분야에 적극적으로 관심을 두고서 여러 경제 현안들을 챙기고 있지만, 일을 진행하는 실무적인 인물들이 그의 생각만큼 따라주지 못했다.

또한 북한 공직자 사회의 만연된 부패와 비리, 그리고 정치파벌 간의 이권 다툼이 김평일의 행보에 큰 걸림돌이었다.

"정부지원이 제대로 이루어진다면 조금은 달라지지 않겠습니까?"

김동신 비서실장은 궁금한 듯 내게 물었다. 그도 그럴 것이 현재 북한정세에 대해 누구보다 잘 알고 있었다.

"글쎄요. 정부지원이 어떻게 이루어지는지가 문제입니다. 자금을 직접 북한에 지원하는 것인지 아니면 남한의 기업들에게 돈을 주어서 인프라 구축을 진행할 것인지 아니면 남북한이 합작회사를 설립해 공동 진행할 것인지에 따라서 달라질 것입니다."

"회장님께서는 어느 방향으로 진행될 것으로 생각하십니까?"

"자금을 무작정 북한에 전달하지는 않을 것입니다. 그렇다고 합작사업을 통한 방법은 사업을 진행하는 데 있어서 시간이 오래 걸릴 것입니다. 이유는 합작사업에 있어 남북한 바라보는 시각차와 함께 서로의 생각과 행동방식이 많이 다르기 때문입니다. 북한이 가장 원하는 것과 남한이 우선시하는 사업이 다르다고 봐야겠지요. 가장 적당한 방법은 국내 기업들에게 자금을 주어서 인프라 사업을 진행하는 것인데, 인프라 구축의 특성상 시간이 오래 걸린다는 점입니다. 한데 차기 정권에서도 지금의 사업을 계속 지속할 수 있느냐가 문제입니다. 제가 예측하는 바로는 차기 정권에서는 공사가 중단될 수도 있을 것입니다."

이유는 단 하나, IMF 외환위기 때문이었다.

실제로 IMF로 인해서 정부가 추진했던 수많은 국책사업들이 중단되거나 규모가 축소되었다.

"이른 감은 있습니다만, 국내 여론은 이대로라면 차기 정권도 정민당이 승리할 것으로 보고 있습니다. 정민당이 정권을 잡으면 지금의 북한 인프라 구축 사업도 계속 진행될 것이 아닙니까?"

"하하하! 제가 점쟁이는 아니지만, 2~3년 후 국내외로 경제적인 대외 여건이 좋지 않은 쪽으로 급격히 변할 것입니다. 그로 인해서 외채와 기업대출을 이용해서 문어발식으로 사업확장을 진행하는 기업들이 가장 큰 고통이 따를 것입니다."

김동진 비서실장은 내 말에 바로 답을 하지 않았다.

그도 그럴 것이 94년도 현재의 경제 상황은 작년보다 훨씬 좋았다.

기업들의 설비투자가 큰 폭으로 늘어나고 있었고, 소비 증가율도 크게 상승하고 있어서 지난해 말 5.5~6.8%에 이를 것으로 내다봤던 국내 경제성장률을 경제연구소들이 일제히 6.5~7.3%로 상향 조정했다.

세계 경제성장률도 2.5%로 5년 만에 최고치를 기록할 것으로 전망하고 있었고, 내년에는 더욱 호조를 보여 3% 성장이 가능할 것으로 예상했다.

국내외로 경제적인 여건들은 좋아지기만 했다.

"하하! 회장님은 저희가 생각하시는 것보다 항상 앞서가시니, 제가 어떤 말을 해야 할지 모르겠습니다."

김동진 비서실장은 웃음을 띤 표정이었지만 내 이야기를 수용하지는 못하는 느낌이었다.

그도 그럴 것이 IMF 외환위기는 96년에 들어서야지만 여러 징후가 보이기 시작했다.

"제 예측이 틀릴 수도 있습니다. 언론에서 많은 기대를 하고 있지만, 생각만큼 성과가 나오지 않을 수도 있습니다. 우리는 준비한 대로 움직이면 됩니다."

"예, 알겠습니다. 그럼, 나가보겠습니다."

김동진은 인사를 하고는 회장실을 나갔다. 그리고 내가 그에게 한 말처럼 예측은 빗나가지 않을 것이다.

그러나 남북한의 상황이 과거와 다르고 이 땅에 내가 있다는 것이 IMF를 극복하는 방법도 달라질 것이다.

Chapter 6

부산의 닉스공장을 방문했다.

부산은 현재 삼성의 자동차사업 진출에 대한 기대감으로
한창 들떠 있었다.

정부의 불허 방침으로 아직 허가가 나오지 않고 있지만,
부산시민들은 부산 경제의 활력을 일으킬 수 있는 중요한
일로 여기며 열광적인 유치운동을 벌이고 있었다.

삼성도 적극적으로 정부관계들을 만나 설득하고 로비 작
업을 진행하고 있었다.

삼성그룹은 승용차 시장에 진입하기 위해 1990년부터 준비해 왔으나 정부가 자동차 업계의 과당 경쟁은 대외 경쟁력을 떨어뜨리고 과잉 중복 투자가 우려된다는 이유로 반대해 진통을 겪고 있었다.

하지만 결국 국내 자동차 3사인 현대, 기아, 대우자동차의 반대에도 불구하고 김영삼 대통령의 세계화 구상을 타고서 12월 초에 상공부에서 허용했다.

삼성은 부산의 신호공단을 승용차사업부지로 선정했다.

삼성의 승용차사업 진출은 정부의 산업정책이 크게 바뀌는 계기가 되었다.

기업의 투자와 신규 업종 진출은 기업 자율에 맡길 뿐 과잉공급과 과당경쟁을 이유로 간섭하지 않게 된 것이다.

"부산이 난리가 아니네요?"

부산시에 들어서자 처음 보이는 것은 삼성의 자동차사업 진출을 허가하라는 플래카드들이었다.

"요새 다들 그 이야기뿐이야. 삼성이 들어오면 부산 경기가 확 달라질 것 아냐. 강 회장이 볼 때는 허가가 나올 것 같아?"

한광민 닉스 대표가 날 맞이하며 말했다. 닉스 대표가 되었지만, 여전히 부산에 머물면서 공장을 책임지고 있었다.

처음 한 달은 닉스 본사가 있는 가로수길에 머물렀지만, 도저히 안 되겠다며 부산공장으로 다시 내려왔다.

"아마도 정부에서 허가를 내줄 것입니다."

"그래, 강 회장이 그렇다면 되겠지. 지금까지 말한 것 중에 틀린 이야기가 한 번도 없었잖아?"

"실현 가능성이 큰 이야기만 해서 그렇죠. 정부에서 고심이 많지만, 모든 일에 대통령의 의중이 크게 작용하잖아요. 삼성의 로비력도 대단하고요. 더구나 부산시민들의 열정적인 움직임이 크게 작용할 것입니다."

"삼성자동차가 들어오면 부산도 울산이나 거제도처럼 경제가 확실히 살아나겠어."

한광민 대표처럼 부산시민들은 부산에 삼성자동차가 들어오면 죽어가는 부산 경기가 확 달라질 것이라고 믿었다.

'솔직히 말해줄 수도 없고…….'

"좀 달라지기는 하겠죠. 물류창고는 어떻습니까?"

닉스는 새로운 물류창고를 마련했다. 도시락과 함께 쓰는 기존 창고로는 물량을 감당할 수 없었다.

"이번 주 금요일에 기존 창고에서 신발을 모두 옮길 예정이야."

신규 창고는 만 평 정도의 부지로 부산항과 그리 멀지 않은 곳에 자리를 잡고 있었다.

기존 창고는 도시락이 독자적으로 사용하기로 했다.

모스크바의 현지 공장이 가동되어도 국내에서 생산되는

도시락 라면은 블라디보스토크로 계속 수출될 예정이었다.

"일본과 유럽에서 주문량이 25% 이상 늘어났는데 감당하실 수 있으세요?"

닉스에서 생산되는 신발의 인기는 국내와 미주 지역에만 국한되고 있지 않았다.

일본은 경우는 미쓰코시백화점 외에 도쿄와 오사카, 나고야, 교토, 후쿠오카, 히로시마 등에 직영판매점이 세워졌다.

판매는 지속해서 늘어나고 있었다. 하지만 닉스의 모델이 마이클 조던이라서인지 닉스를 한국이 아닌 미국 제품으로 인식하는 일본인들이 적지 않았다.

"한마디로 죽으라는 거지. 주문이 와도 이젠 소화 못해."

"하하하! 하루라도 빨리 신의주공장이 완공되어야겠네요."

"내가 그것 때문에 버티고 있는 거야. 언제쯤 완공되는 거야?"

"올해 말이면 모든 공사는 끝이 납니다. 나머지는 한 대표님께서 채워 넣으셔야죠."

공장이 완공되면 곧장 생산설비를 설치하는 작업이 진행될 것이다.

"휴! 대표가 되니까 이래저래 신경 쓸 것이 너무 많아. 아니, 어떻게 이 많은 일들을 해낸 거야?"

한광민 대표도 부산신발연구소를 운영했지만, 지금의 닉스 규모와는 차이가 크게 났다.

이젠 국내외의 닉스 직원들이 1천2백 명이 넘어서고 있었다.

"밤낮없이 열심히 일했죠. 한 대표님도 잘하실 것입니다."

"아니야, 난 내 역량을 잘 알아. 지금도 힘에 부쳐서 힘들어 죽겠어."

앓는 소리를 하는 한광민 대표의 고충을 난 잘 알았다. 현재 닉스의 1공장과 2공장에 생산량을 늘리기 위해 새로운 설비로의 교체작업이 진행 중이었다.

3공장은 이미 교체작업이 끝마친 상태다.

늘어나는 주문량을 감당하기 위한 설비증설과 새로운 신제품에 적용되는 부자재개발과 신발제조 기술개발, 그리고 디자인연구센터와의 회의까지 모두 한광민 대표가 책임지고 결정할 상황들이었다.

"하하하! 돌아가시면 안 되죠."

"정말 돌아가실 지경인데, 강 회장은 웃음이 나와?"

"그럴수록 웃어야죠. 제가 한국에 있을 때는 자주 돌아보겠습니다. 한 대표님은 전처럼 공장만 책임지세요."

"정말이야?"

"예, 이러다가 쓰러지시면 제가 더 힘들어질까 봐요. 직접 만나 뵙고 이야기하려고 내려온 것이에요."

한광민 대표는 나와 전화 통화를 할 때마다 힘들다는 소리를 빼놓지 않고 했다.

자신이 쉽게 결정할 수 없는 것들도 많았기 때문이었다. 현재 닉스는 신발 외에도 많은 투자를 병행하고 있었다.

"하하하! 정말 바라던 바야. 눈으로 봐서 알겠지만, 부산 공장의 일도 정신없어."

내 말에 한광민 대표는 절로 얼굴이 퍼지며 웃음을 토해 냈다.

"예, 저도 잘 압니다. 그리고 신의주공장을 맡길 만한 인물은 알아보셨습니까?"

부산공장에서 일하는 부공장장을 올려 보내려고 준비했지만 갑작스럽게 어머니가 크게 아프신 관계로 변경되었다.

"대영고무에서 일하던 친구인데 책임감 있고 일 하나는 끝내주게 하지. 현재는 대영고무에서 마찰이 생겨서 회사를 나온 상태야."

대영고무는 신발 도매업이 주 업종으로 신발류, 신발 부품을 판매하는 회사였으며 주요 취급 품목은 아동화, 테니스화, 운동화였다.

중국에도 공장을 설립해 운동화를 생산 중이었지만 하도급을 통한 주문자상품을 생산이었다.

"무슨 문제입니까?"

"부당하게 해고된 인물을 감싸주다가 사장에게 미운털이 박혔지. 나랑 12년간 알고 지낸 사이인데, 기술도 뛰어나고 성격도 아주 좋아. 진작부터 닉스로 데려오려고 했는데 대영고무를 배신할 수 없다고 버틴 친구야."

"부산에 내려온 김에 한번 만나봐야겠네요."

"그래야지. 강 회장이 만나보고 판단해야지. 신의주공장이 닉스의 새로운 도약을 해줄 수 있는 곳이잖아."

한광민 대표의 말처럼 부산공장의 3배 규모로 지어지고 있는 신의주공장은 닉스의 새로운 도약을 가져다줄 수 있는 중요한 곳이었다.

그렇기 때문에 신의주공장의 공장장은 정말 책임감 있고 유능해야만 했다.

42살의 김형준은 한광민 대표와 비슷한 느낌을 받았다. 신발에 대한 애착이 대단했고, 국내 신발사업에 대한 자긍심도 크게 가지고 있었다.

"하하하! 이 친구가 본인 손으로 처음 신발을 만들었을 때 얼마나 기뻐했는지 몰라."

한광민 대표는 김형준을 바라보며 말했다,

"그때 정말 많이 절 구박하셨잖습니까?"

"하하하! 잘되라고 그런 거지. 그랬기 때문에 금방 날 따라잡았잖아."

한광민 대표와 김형준은 2년간 함께 일을 했었다.

"열심히 하셨나 봅니다. 한 대표님에게 인정을 받는 분이 흔치 않은데 말입니다."

"예, 구박을 받지 않으려고 하루에 평균 12시간 이상 신발에 매달렸습니다. 그때는 정말 온종일 신발 생각뿐이었습니다"

"나보다 더 지독했다니까. 제시간에 집으로 들어가는 걸 보지 못했으니까. 이 친구가 좀 더 다양한 신발을 접하고 싶어서 대영고무로 자리를 옮겼지. 그때는 나도 사업을 시작하지도 않은 때라 이 친구를 잡을 수도 없었고."

"하하하! 형님이 이렇게 잘 되실 줄 알았으면 계속 따라다녔어야 했는데 말입니다. 닉스는 대한민국의 자랑입니다. 아디다스와 나이키보다 인기를 끌지는 정말 전혀 예상을 못 했습니다."

"이게 다 여기 계신 강태수 회장님 덕분이야. 난 그저 우리 회장님이 시키는 대로 했을 뿐이지."

한광민 대표는 들고 있던 술잔을 목으로 넘기며 말했다.

"하하! 다른 사람이 들으면 정말인지 알겠습니다. 한 대표님이 계시지 않았다면 닉스가 태어날 수 없었을 것입니다."

닉스가 있었기에 닉스홀딩스가 탄생할 수 있었다.

"두 분이 서로를 신뢰하고 진심으로 의지하는 관계를 맺고 계시니까 보기 좋습니다. 저는 대영고무에서 그런 관계를 맺지 못했습니다. 제가 생각했던 것과 사장님이 가진 생각이 많이 달랐습니다."

김형준은 9년 동안 열심히 일했던 대영고무에 인정을 받았었다. 하지만 대영고무 사장의 아들이 회사 경영에 참여하자 상황이 바뀌기 시작했다.

미국에서 돌아온 아들은 회사에 입사하자마자 상무라는 직책을 받았다. 그는 부산공장의 인력을 감축하고 중국으로 공장을 옮기는 작업을 추진했다.

그 과정에서 직원들에 대한 무분별한 인원 감축과 월급을 감봉하는 불합리한 대우가 이루어졌다.

공장으로 있던 김형준은 그 일에 대해 항의했지만 돌아오는 것은 해고였다.

9년간의 헌신은 아무 소용이 없었다.

"자네가 잘못한 것은 없어. 대영고무가 크게 문제가 있는 거지. 자, 한잔하자고"

한광민 대표의 말에 나와 김형준은 술잔을 들었다.

"한광민 대표님에게 들으셨겠지만, 북한의 신의주에 닉스 공장이 11월에 새롭게 완공됩니다. 신의주공장은 닉스가 세계로 뻗어 나가기 위한 전략적인 공장이기도 합니다. 그곳을 책임질 공장장이 필요합니다. 실력도 물론 갖추고 있어야 하지만, 저는 공장 식구들을 잘 챙겨주실 인품을 더 중요하게 생각합니다."

김형준과 이야기를 나누어보자 그의 성격과 성향을 알 수 있었다.

20년간 신발 제조에 매달려온 그의 고집도 마음에 들었다. 또한 유리한 조건에 이끌려서 회사를 옮겨 다니는 인물도 아니었다.

"예, 저도 아주 막중한 일이라고 생각됩니다. 형님께서 말씀하셨지만 제가 그 일을 감당할 수 있을지가 걱정됩니다. 아직 저는 부족한 점이 너무 많습니다."

"부족한 점이 있으시면 채우셔야지요. 저절로 이루어지는 것은 아무것도 없습니다. 몸으로 직접 부닥치고, 경험하고, 또한 배움을 놓지 말아야 합니다. 그러한 여건과 환경은 제가 만들어 드릴 것입니다. 닉스는 몇 년 안에 세계를 호령하는 최고의 브랜드가 될 것입니다. 닉스에서 가지고 계신 열정을 마음껏 불태우십시오."

"하하하! 정말이지 회장님께서는 사람을 움직이는 마력이 있는 것 같습니다. 회장님의 말을 들으니 없는 열정도 생겨나는 것 같습니다. 형님께 여러 번 말씀을 들었지만 이렇게 직접 뵈니, 정말이지 큰 그릇이라는 것을 알겠습니다. 예, 기회를 주신다면 후회 없이 일해보겠습니다."

"하하하! 내가 뭐라고 했어, 우리 회장님을 만나면 꼼짝할 수가 없다니까."

김형준의 말에 한광민 대표는 만족스러운 웃음소리를 내며 말했다.

"하하하! 좋은 쪽으로 말씀이지요?"

"물론이지. 강 회장을 만나면 가슴이 뛰고 나도 모르게 큰 그림을 그리게 된다니까. 우물 안에 개구리였던 나를 넓은 세상으로 나오게 한 것도 지금처럼 할 수 있다는 기대감과 꿈을 꾸게 해서 그렇다고. 하하하!"

"자! 김형준 공장장의 합류를 축하하며 한잔하시죠."

"좋지! 닉스를 위하여! 우리 강태수 회장을 위하여!"

"닉스를 위하여!"

"위하여!"

한광민 대표의 말에 나와 김형준은 한께 큰 소리로 화답했다.

*   *   *

닉스는 신의주공장에 들어갈 생산설비와 공장에 거주할 인력에 대한 준비에 들어갔다.

신발 생산에 필요한 생산직 인력은 북한에서 공급할 것이지만 관리 인원과 기술직 사원들은 남쪽에서 올려 보내야만 했다.

또한 본격적인 신발 생산에 들어가기 위해서는 북한 직원들에 대한 교육이 필요했다.

북한의 신발공장에서 일하는 직원들도 모집할 예정이었지만 많은 인원을 뽑을 수는 없었다.

적어도 천 명 이상의 직원들을 모집하고 가르쳐야 하므로 관련된 직원들도 적지 않게 필요했다.

신의주 특별행정구 내에 거주해야 하는 조건임에도 불구하고 모집공고를 보고서는 상당히 많은 인원들이 지원했다. 그만큼 부산 신발사업에 종사했던 사람들을 수용할 회사들이 줄고 있었기 때문이다.

닉스 부산공장에서도 31명의 인원이 신의주공장에 지원했다.

그동안 닉스는 기술력이 뛰어난 부자재 공장들을 인수해 모든 신발을 자체적으로 만들어낼 수 있는 시스템을 갖추었다. 신의주 특별행정구 내에도 관련된 부자재 공장들도 함께 들어섰다.

신의주에 근무하는 직원들에게는 북한에서 사용하는 단어들에 대한 교육을 별도로 진행했다.

남북한 양쪽 직원들이 함께 근무하게 될 공장에서 서로에 대한 위화감을 줄이려는 방법의 일환이었다.

양쪽 직원의 월급 체계는 바꿀 수 없지만, 직원들에 대한 복지는 남북한 모두 동일하게 적용할 예정이다.

신의주 특별행정구에 진출한 많은 기업 중 닉스홀딩스의 계열 회사들이 직원들에 대한 복지에 가장 신경을 썼다.

"신의주공장은 먼저 런닝화와 테니스화를 생산할 예정입니다. 기술력이 높아지는 내년 중반 이후부터는 에어조던 시리즈도 생산을 고려하고 있습니다. 닉스프리의 고급 제품들을 제외한 전 제품들도 신의주공장에서 생산에 들어갈 것입니다."

닉스 기획실을 담당하고 있는 박성배 부장의 보고였다.

앞으로 부산공장은 고급 제품 위주의 신발을 생산하는 체제로 변환시킬 계획이었다.

"생산시설의 확충도 중요하지만, 신발의 품질을 유지하

는 것이 더욱 중요합니다. 닉스가 추구하는 것은 혁신과 품질입니다. 그 점을 항상 명심해야만 합니다."

"예, 생산기술팀과 협의해서 부산공장 수준의 생산품이 나올 수 있게 준비를 하겠습니다."

닉스는 신의주공장에 디자인연구센터는 물론이고 소재기술연구소와 생신기술팀 그리고 새롭게 신설된 기술교육팀이 합동으로 신의주공장의 북한 직원들을 교육할 시스템을 준비 중이었다.

생산되는 제품에 대한 충분한 이해 없이 만드는 제품들은 불량률이 높았고 품질을 떨어뜨리는 요인이었다.

더구나 질 좋은 운동화를 신어보지 못한 북한 주민들이었기 때문에 제품에 대한 이해도가 떨어졌다.

"현재 재고로 가지고 있는 닉스 운동화는 얼마나 됩니까?"

"재고량은 많지 않습니다. 주문하는 수량을 생산량이 맞추지 못하고 있어서 대부분 소진된 상태입니다."

생산관리팀의 이중환 부장의 말이었다. 어느 정도 고정적인 재고를 가지고 있어야 하지만 일본과 유럽의 주문량이 늘어나자 재고량이 급속하게 줄어들었다.

"신상품의 출시는 어떻게 진행되고 있습니까?"

"에어조던 시리즈가 한국과 미국에서 별도로 디자인되어

출시될 예정입니다. 봄에 새롭게 출시된 닉스—X를 시즌별로 맞춘 런닝화가 나올 것입니다. 거기에 알렉산더 맥퀸이 콜라보레이션한 닉스—맥퀸이 선보일 예정입니다. 이 제품은……."

정수진 디자인센터장은 샘플로 제작된 신발들을 하나씩 들어가면서 설명했다.

닉스에서 시즌별로 나오는 제품군과 분기별로 제작되는 제품으로 나누어지기 시작했다.

거기에 한국과 미국 디자인팀에서 서로 다른 디자인 형태로 선보이는 신발들도 추가되자 상당히 다양한 제품군을 형성하게 되었다.

또한 닉스판매점은 새로운 복합매장인 닉스—스페이스로 거듭나고 있었다. 닉스—스페이스는 신발과 옷은 물론이고 속옷과 양말, 가방 그리고 액세서리까지 선보이는 종합패션 매장이었다.

또한 홍대와 가로수길에 만들어진 닉스—스페이스에서는 토요일마다 공연까지 펼쳐졌다.

닉스—스페이스는 문화와 패션이 공존하는 한국에서 처음 선보이는 실험적인 판매장 형태였다.

다른 브랜드들이 시도조차 하지 못하는 일들을 닉스는 과감하게 해나가고 있었다.

닉스 본사의 회의를 끝내자마자 나는 곧장 대영제약이라는 제약회사로 향했다.

자이르공화국에서 보내고 있는 약품들이 지속적으로 늘어나고 있었다. 또한 신의주와 러시아에 지어지고 있는 병원에 공급할 약들을 직접 생산하여 공급하기 위해 제약회사를 인수하기로 한 것이다.

러시아에서도 의약품에 대한 수요가 많았다.

대영제약은 국내 제약회사 중 27위 규모의 회사였다. 항생제, 호흡기제, 순환기제, 소염제, 소화기제, 조영제 등 병원에서 사용하는 전문의약품을 생산하는 제약회사였다.

사업주 가족의 갑작스러운 사고로 인해서 투자 유치가 취소되자 회사 운영이 불투명해진 상황에서 닉스홀딩스가 인수 의사를 제의했고, 157억 원에 인수가 체결되었다.

대영제약의 본사는 잠실에 있었고, 공장은 성남에 자리 잡고 있었다.

"공장부지는 5천8백 평입니다. 천안에도 공장부지로 마련한 9천5백 평의 땅이 있습니다. 대영제약은 총 140종에 달하는 전문의약품을 생산하는 제약회사로……."

공장에 도착하자 먼저 도착해 있던 닉스홀딩스의 김동진 비서실장과 공장장이 공장 안내를 도왔다.

공장은 제약회사답게 깔끔했고 정리가 잘 되어 있었다. 직원 숫자는 본사와 연구소 인력, 그리고 공장의 생산 인원까지 107명이었다.

대영제약을 주목한 또 다른 이유는 강심제로 개발 중인 PDE-5(phosphodiesterase-5) 효소 억제제 때문이다.

강심제는 약하거나 불완전한 심장의 기능을 정상으로 돌이키는 데 쓰이는 약제다.

대영제약에서 개발 중인 PDE-5 효소 억제제는 화이자에서 개발한 실데나필과 동일한 효과가 있기 때문이다.

화이자에서 개발한 비아그라의 주성분이 실데나필이며 이 약제는 PDE-5를 억제한다.

남성 성기의 음경해면체를 팽창시키는 물질은 사이클릭 GMP라고 한다. 그리고 성적으로 흥분할 때 생성되는 사이클릭 GMP를 분해하는 발기 저해 물질이 바로 PDE-5(phosphodiesterase-5)이다.

이 약을 협심증 치료제용으로 사용하려 임상시험을 했으나, 임상시험에서 남성의 음경이 발기되도록 하는 데 탁월한 효과가 있는 것을 확인해 발기부전 치료제로 만들어졌다.

심리적인 요인이 아닌 발기부전의 경우 사이클릭 GMP 생성에 문제가 생겨서 발기가 되지 않는 것이다.

비아그라, 시알리스, 레비트라 등의 발기부전 치료제는 PDE−5를 억제하여 사이클릭 GMP 농도를 유지해 발기를 지속시켜 주는 약들이다.

화이자를 세계 제일의 제약회사로 올려준 비아그라는 1998년에 세상에 나왔고, 폭발적인 인기와 매출을 올렸다.

비아그라의 히트는 노인 인구의 급증과 젊은 시절의 성적 활력을 되찾고 싶어 하는 장년, 노년 세대의 욕구가 강하게 표출된 결과였다.

앞으로 4년간의 시간 동안 충분히 대영제약에서도 비아그라를 내어놓을 수 있었다.

더구나 난 비아그라(실데나필)과 시알리스(타달라필)의 화합물에 대한 화학식을 알고 있었다.

2016년 400조를 넘어서는 전 세계 제약과 바이오 시장을 닉스홀딩스는 그냥 지나칠 수 없었다.

대영제약의 사명은 닉스생명과학으로 이름을 바꾸었다. 또한 성남에 있는 연구소를 확대 개편하기로 했다.

닉스생명과학연구소의 인원들을 대폭 보강하고, 심혈관 치료제와 발기부전 치료제를 연구할 인력에 대한 모집공고를 냈다.

현재 23명의 연구소 인력을 일차적으로 45명으로 늘리기로 했다.

새로운 연구소 건립을 위해서 닉스생명과학연구소 부근의 땅을 매입하기로 했고, 내년까지 연구소를 새롭게 완공하기로 했다.

기존 공장의 설비도 첨단장비로 증설하고 천안의 공장부지에도 신규 공장을 설립하기 위한 조사가 들어갔다.

이를 위해 우선하여 올해 125억 원을 닉스생명과학에 투자하기로 했다.

바이오제약산업은 통신과 에너지, 반도체, 자원사업, 패션을 축으로 이어지는 닉스홀딩스의 새로운 먹거리였다.

닉스생명과학의 기존 직원들은 새로운 투자가 이루어지자 우려스러운 눈길이 기대감으로 바뀌었다.

그러나 회사가 넘어간다는 소리에 기존의 영업직원들 일부가 회사를 옮겼다. 제약회사는 새로운 신약의 개발도 중요했지만, 영업조직이 매출에 지대한 영향을 끼쳤다.

"퇴사한 영업 인원만 9명입니다. 그중 핵심 인물도 2명이 있었습니다."

닉스생명과학의 상무를 맡고 있는 최홍식의 말이었다. 대영제약을 인수 후 부사장과 전무를 내보냈다.

하지만 최홍식 상무와 이해철 공장장은 함께 가기로 했다.

현재 닉스생명과학의 대표를 알아보고 있었다.

"매출을 많이 올렸나 보지요?"

"예, 둘 다 과장급 인물이었는데, 영업에 일가견이 있었습니다. 함께 일하던 직원들도 조일제약으로 함께 자리를 옮긴 것 같습니다."

조일제약은 닉스생명과학에서 생산하는 의약품과 겹치는 제품이 많았다.

조일제약으로 자리를 옮긴 두 과장은 영업매출의 20%를 담당했었다. 더구나 자리를 옮기면서 거래처와 관련된 영업자료를 가져갔기 때문에 매출에 타격을 줄 수밖에 없었다.

"나간 사람들은 할 수 없습니다. 앞으로 닉스생명과학은 영업에 치중하는 회사가 아닌 연구개발로 승부를 보는 제약회사로 탈바꿈할 것입니다. 내일이라도 당장 영업조직을 개편하십시오. 그리고 해외영업부를 신설해서 의약품 수출을 강화하는 방향으로 나가십시오."

"차라리 국내거래처를 강화하시는 것이 어떠신지요? 우리 회사가 수출을 했던 적이 별로 없었습니다. 그동안 공들였던 거래처들을 놓치기가 아까워서 드리는 말씀입니다."

최홍식 상무는 회사를 나간 두 과장과 직원들에게 거래처를 빼앗기는 것을 우려했다. 그는 10% 이상 매출이 떨어질 수 있다고 여겼다.

"기존처럼 서로 겹치는 약품을 가지고서 리베이트를 통

한 영업은 한계가 있습니다. 조금은 어려울 수 있는 상황이 오히려 회사의 체질을 바꿀 좋은 기회가 될 수 있습니다. 회사는 시간이 걸리더라도 신약에 대한 연구개발에 지속적인 투자를 진행할 것입니다. 말한 대로 국내영업 매출의 부족분은 수출을 통해서 채워나갈 것입니다. 제가 말한 대로 일을 진행하십시오."

제약영업은 병원의 의사와 약국의 약사가 어떤 약을 처방하느냐에 따라 달라졌다. 비슷한 성분과 치료 효능을 가진 약들을 만들어내는 제약회사들이 국내에 많았기 때문이다.

영업에 있어 의사와 약사에게 리베이트를 주는 것은 관행처럼 되어 있었고, 지명도가 떨어지는 의약품을 인기제품과 끼워 파는 것도 극심했다.

1994년 현재 국내에는 2백여 개에 달하는 제약회사들이 있었다.

"예, 알겠습니다. 말씀하신 대로 진행하겠습니다."

최홍식 상무는 내 말에 더는 이의를 달지 않았다. 하지만 그의 표정에서 내가 제약시장을 전혀 모르는 풋내기라는 모습이 비쳐 보였다.

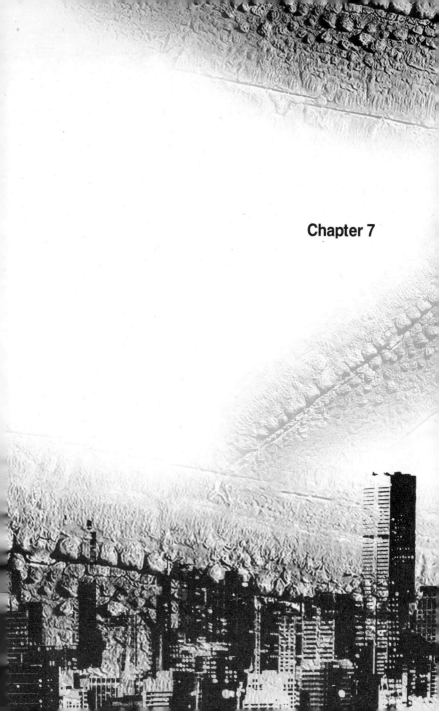

Chapter 7

닉스생명과학은 새로운 기술연구소의 소장을 뽑았다. 미국 버클리대에서 화학박사를 취득하고 화이자의 신약연구소에서 근무하던 인물이었다.

우연히도 그가 연구한 것은 심장질환과 협심증 치료에 관한 신약이었다.

이름은 임현석으로 중학교 때 미국에 이민을 갔던 인물이었다.

미국의 법무법인을 맡고 있는 루이스 정을 통해서 소개를 받았다. 한국으로 다시 돌아오고 싶은 부모님의 뜻을 존중해서 임현석도 한국 회사를 알아보고 있었다.

37살인 임현석은 아직 결혼하지 않은 솔로였다.

나는 임현석에게 연구소의 인력 충원과 연구장비 구매에 관한 모든 권한을 주었다.

한편으로 닉스생명과학의 대표를 뽑는 데는 애를 먹고 있었다.

여러 인물을 살펴보았지만 마땅한 인재가 없었다. 후보자 몇 명을 만나보았지만, 다들 회사 운영에 있어 구태의연한 방법으로 회사를 이끌어가는 방안을 제시했다.

닉스홀딩스 내의 직원들도 아직은 한 회사를 책임질 만한 인물이 없었다.

"닉스생명과학을 맡길 만한 마땅한 인물이 없는 것 같습니다."

"제가 볼 때는 회장님의 눈에 들기가 쉽지 않습니다."

김동진 비서실장의 말이었다.

"제가 그렇게 까다롭습니까?"

"까다롭기보다는 능력이 뛰어나셔서 일반적인 관점에 있는 인물들이 눈에 들어오지 않으신 것입니다. 저 또한 회장님이 무슨 목적으로 대영제약을 인수했는지 처음에는 몰랐으니까요."

김동진 비서실장의 말처럼 미래의 일을 알고 있는 난 모든 것을 하나하나 사람들에게 이유를 설명하면서 일을 진행하지 않았다.

그 이유에 관해 설명을 해주어도 지금의 시대에서는 모든 것을 이해하고 인식할 수가 없었다.

내가 생각하고 바라보는 것들은 적어도 4년에서 10년 이상의 시기를 두고 있는 것들이었다.

"하하! 제가 너무 눈이 높아진 것이군요."

"아닙니다. 시대를 앞서가시는 회장님의 안목이 부러워서 한 말입니다. 정 눈에 들어오시는 인물이 없다면 박명준 씨를 내정하시는 것이 어떻습니까?"

"박명준 씨는 블루오션을 맡기려고 생각 중인데……"

한국에 돌아온 박명준은 현재 제주도에 머물면서 그동안 읽지 못했던 책들을 읽으며 생활하고 있었다.

"블루오션은 현재의 체계로도 잘 운영되고 있습니다. 반도체 단지가 완공되는 시점에서 검토하시는 것이 좋을 것 같습니다."

김동진 실장의 말처럼 박명준을 블루오션에만 국한시킬 필요는 없었다.

"음, 한번 연락을 취해봐야겠습니다."

"차라리 호텔건립 상황도 살펴보실 겸 제주도를 다녀오시는 것이 어떠하십니까?"

현재 닉스호텔이 중문관광단지 내에 호텔을 짓고 있었다.

"그것도 나쁘지 않겠습니다."

어쩌면 다양한 분야에서 경험을 갖춘 박명준이 닉스생명과학의 적임자일지도 몰랐다.

*　　　*　　　*

제주공항에 내리자 짧게 내린 비 때문인지 시원한 바람이 불어왔다.

파란 물감을 풀어놓은 듯한 하늘에는 구름 한 점 없었다.

"시원해서 좋다. 안 그러니, 예인아?"

가인이가 기분 좋은 목소리로 말했다. 방학을 맞이한 가인이는 데이트를 해주지 않은 나를 향해 매일 불만 섞인 말을 쏟아냈었다.

부담 없는 제주도행이라 가인이와 예인이도 동행했다. 두 사람은 제주도가 처음이었다.

"어, 좋아."

밝은 표정의 가인이와 달리 예인이는 조금은 무표정한 모습이었다.

요즘 10월에 열릴 대학가요제 준비를 열심히 하고 있었다. 한편으로는 사법고시 준비에도 힘을 쏟았다.

예인이의 방은 항상 새벽까지 불이 켜져 있었다.

공항 게이트를 나서자 연락을 받은 닉스호텔 직원이 나를 기다리고 있었다. 닉스호텔 직원은 나를 보자마자 고개를 숙이며 인사를 건네 왔다.

"안녕하시십니까, 회장님. 저쪽으로 가시면 됩니다."

그는 내가 들고 있는 가방을 자연스럽게 받아들었다. 그때 가인이의 목소리가 들렸다.

"무겁지도 않은데 본인이 들지그래."

"어, 그래. 이리 주세요."

회사가 커지고 바쁘게 움직이자 러시아나 한국에서도 비서실 직원들이 모든 걸 알아서 했다.

내 짐을 드는 것도 자연스러운 것이었고 난 거기에 익숙해져 있었다.

"아닙니다. 제가 들겠습니다."

내 말에 닉스호텔 직원은 정색하며 말했다.

"주세요. 대신 이 두 사람의 짐이나 받아주세요."

난 작은 여행용 가방 하나였지만 가인이와 예인이는 커다란 가방을 들고 있었다.

닉스호텔 직원은 두 사람을 내 일행이라고 생각지 못한 것 같았다.

"아, 예. 알겠습니다."

직원은 눈치 빠르게 가인이와 예인이의 가방을 받아들려고 했다.

"아니에요. 저희가 들게요."

"괜찮아요."

두 사람 다 거절의 의사를 표하자 직원은 자신이 무언가 잘못한 것이 아닌가 하는 표정이었다.

"그냥 가시죠."

"아, 예. 이쪽입니다."

내 말에 직원은 머쓱한 표정으로 차가 있는 쪽으로 안내했다.

숙소는 하얏트호텔로 잡았다.

닉스호텔이 지어지고 있는 건설 현장에서 얼마 떨어지지 않았기 때문이다.

닉스호텔과의 비교를 위해서 일부러 스위트룸 2개를 잡았다. 제주 바다가 한눈에 들어오는 스위트룸은 전체 객실 중에 2개밖에 없었다.

스위트룸의 하루 숙박료만 65만 원이었고, 3일간 예약했다.

창문을 활짝 열자 시원한 바람에 실려 온 바다 내음이 얼굴을 때렸다.

"좋긴 좋네."

제주의 바다는 평화로웠고 아름다웠다. 바다는 찌들고 더러운 것들을 모두 받아들여 정화하는 자연의 수호자였다.

그때였다.

뒤쪽에서 내 허리를 부드럽게 감싸 안은 팔이 있었다.

"뭐가 그렇게 좋은데?"

가벼운 옷으로 갈아입고 내방으로 건너온 가인이었다.

"바다가 너무 평화로워서."

"나도 좋아. 오빠랑 이렇게 멋진 곳에 함께 있을 수 있어서."

말을 하는 가인이는 나를 세게 안았다.

"예인이는?"

"피곤하다고 쉬고 싶대."

"식사는 해야지."

"잠깐 눈을 붙인다고 했으니까. 30~40분 정도 있다가 깨우면 될 거야."

"예인이가 요새 많이 피곤한가 봐?"

"뭐 때문인지는 모르지만, 컨디션이 별로야. 요즘 들어 말도 별로 없고."

"그래, 제주도에서 기분이 좀 풀어졌으면 좋겠다."

"그럴 거야. 맛있는 것도 먹고 멋진 장소에 가면 기분이 달라지니까. 거기다가 미래의 형부께서 이렇게 마음을 써 주는데 말이야."

가인이는 아직까지 예인이가 무엇 때문에 힘들어하는지 모르는 것 같았다.

"빨리 결혼하고 싶니?"

"그럼. 이렇게 멋진 남자를 누가 채가기라도 하면 어쩌려고."

"하하! 내가 멋지다는 걸 알고는 있구나."

"모르면 바보게?"

"처음부터 멋있게 보였어?"

"처음부터는 아니지. 처음에는 평범한 그 차제였잖아. 너무 평범해서 몇 번을 봐도 얼굴을 기억하지 못할 정도였다니까?"

"정말 그 정도야?"

"허! 내가 없는 말을 지어낼까."

"지금은 왜 멋있는데?"

"제 눈에 안경이라잖아. 좋아하는 마음이 생기고 괜찮다는 생각이 머릿속에 자리 잡으면서 점점 세뇌되는 거지. 내 사람이 멋있는 사람이라는 세뇌."

"그럼 뭐냐? 남들이 볼 때는 내가 별로라고 보일 수도 있다는 이야기네."

"솔직히 여자들이 확 다가설 만한 외모는 아니잖아. 나야 외모가 아닌 마음을 보는 여자이니까."

가인이의 말처럼 조각 미남 소리를 들을 만한 외모는 아니었다. 그렇다고 못났다는 소리도 듣지 않았다.

"휴! 종합하자면 평범함에 그저 그런 외모를 갖춘 거네?"

나는 벽에 걸린 거울을 보며 말했다.

"내 눈에는 백마 탄 왕자야. 남들의 눈을 신경 쓸 것도 없잖아."

"세뇌당한 거라며?"

"강태수 씨, 날 보세요."

가인이는 거울을 보는 날 돌려세웠다.

"왜?"

"이 예쁜 동생이 꼬부랑 할아버지가 되어도 사랑하고 이뻐해 줄 테니까, 염려하지 마세요. 그리고 난 세상에서 아무것도 필요 없어. 내 옆에 오빠만 있으면 무인도에 가서 살아도 행복해."

크고 맑은 눈을 가진 가인이가 이런 말을 해주자 가슴이 콩닥거리며 뛰었다.

"정말 아무것도 필요 없어?"

"응!"

가인이는 고개를 위아래로 흔들었다.

"돈을 못 벌어 와도 돼?"

"응. 평생 이렇게 함께하다가 한날한시에 같이 하늘나라로 갔으면 좋겠어."

"그래. 딱 백 년만 이 땅에서 같이 살자."

"하늘나라에서도 난 오빠랑 같이 살 건데."

내 마음에 쏙 드는 말만 해서인지 가인이가 오늘따라 더 예뻐 보였다.

정말 남자는 여자 하기 나름인 것 같았다.

난 그런 가인이를 꼭 안아주었다.

"그래, 하늘나라에서도 같이 살자."

그때였다.

객실의 문이 살짝 열리다가 다시금 닫히는 것이 눈에 들어왔다.

＊　　　＊　　　＊

"하하하! 벌써 제가 할 일이 있는 것입니까?"

앞에 놓인 소주잔을 들면서 말하는 박명준은 기분 좋게 웃었다.

"예, 1년은 푹 쉴 수 있도록 하려고 했는데, 그게 쉽게 되지 않네요."

"아닙니다. 이제 쉬는 것도 슬슬 지겨워지기 시작했습니다. 그럼 블루오션에서 일을 해야 합니까?"

박명준도 블루오션을 먼저 생각하고 있었다. 그에게 있어 블루오션은 좌절을 여러 안겨준 회사였다.

"저도 블루오션에서 일을 시작하는 쪽으로 생각했었는데, 지금은 사정이 바뀌었습니다. 닉스생명과학에서 먼저 일을 시작하십시오."

"닉스생명과학은 처음 들어보는데요?"

박명준은 내가 운영하는 회사들을 알고 있었다.

"이번에 새롭게 대영제약을 인수해 회사명을 닉스생명과학으로 변경했습니다."

"하하하! 정말 대단하십니다. 제약업계까지 손에 넣으시려고 하시는 것입니까?"

내 말에 눈이 커진 박명준은 큰 소리로 웃으면서 물었다.

"예, 국내시장이 아닌 세계시장을 보고서 던진 출사표입니다."

"세계시장에 내어놓을 만한 신약이 대영제약에 있었습니까?"

박명준은 놀란 표정으로 내게 물었다. 국내 제약회사들

은 신약 개발보다는 특허가 풀린 복제 약품 위주로 영업을 했다.

"아닙니다. 세계에 통할 수 있는 신약을 닉스생명과학에서 새롭게 만들어 내어놓아야 합니다."

"신약 개발은 보통 어려운 것이 아니라고 들었습니다. 들어가는 비용도 만만치 않고요."

"예, 말씀하신 대로 상당히 어렸습니다. 하지만 개발에 성공하면 연구개발비용에 수천 배 이상의 이득을 얻을 수 있습니다. 닉스생명과학은 무작정 신약 개발에 뛰어든 것이 아닙니다. 우리가 목표로 하는 신약에 개발에 있어 비밀무기를 가지고 시작할 수 있습니다."

"비밀무기라고요?"

"예, 강력한 비밀무기를 가지고 있습니다."

"하하! 무슨 비밀무기인지 궁금합니다."

"예, 말씀드리죠. 대영제약에서는 협심증에 관련된 신약을 개발하기 위해 투자가……."

대영제약이 현재 연구했었던 협심증 치료제와, 이와 연관된 발기부전 치료제에 관한 이야기를 박명준에게 풀어놓았다.

이야기가 계속될수록 박명준의 표정이 시시각각 변화하는 모습이 눈에 들어왔다.

"지금 이야기가 사실로 이루어지면 남자들에게는 일대 혁명이 일어나는 일이 아닙니까?"

"예, 국내외로 상당한 파급효과가 발생할 것입니다."

"하하하! 이 약이 개발에 성공하면 정말 대박이겠습니다."

"예, 신약 개발에 대한 성공 가능성도 아주 큽니다. 문제는 시간입니다. 외국의 제약회사에서도 이에 대한 연구가 이루어지는 것으로 알고 있습니다."

발기부전 치료제가 화이자에서 나온다는 말은 해주지 않았다.

"음, 그렇다면 저희가 언제까지 신약을 만들이내야 합니까?"

박명준은 흥미를 갖고 물었다.

"글쎄요. 제가 보는 견해로는 해외제약회사에서 상품화가 이루어지는 시기를 대략 98년도로 보고 있습니다. 그 전에 우리가 먼저 신약을 내어놓아야 합니다. 최초의 개발은 언제가 프리미엄을 얻게 되니까요."

"4년이면 짧지도, 길지도 않은 시간인 것 같습니다."

"물론 아무것도 없이 시작하는 신약 개발이라면 시간이 부족하게 보일 수 있습니다. 하지만 우리는 이미 발기부전에 연관성이 있는 PDE-5 효소 억제제를 가지고 있습니다.

이를 통해서 2년 정도는 시간을 앞당길 수 있을 것입니다."

"허! 정말이지, 회장님께서는 모든 걸 알고 계시는 것 같습니다. 도대체 능력의 끝이 어디까지인지 알 수가 없습니다."

박명준은 내 말에 감탄하며 말했다. 그는 자이르공화국에서 날 만나 닉스코어가 시도하는 원스톱자원개발 프로젝트에 대해 들었다.

그 또한 대한민국의 그 어느 사람도 시도하지 않는 일이었다.

지금 이야기되는 신약 개발도 국내에만 머물지 않고 세계를 겨냥한 일이었다.

국내 제약회사들은 신약 개발보다는 돈벌이에 더 신경을 썼다. 보사부가 올해 2월부터 의약품 가격을 전면 자율화하자 기다렸다는 듯이 감기약, 두통약, 위장약 등 주요 의약품 가격을 크게 인상했다.

기존 제품과 유사한 시리즈 제품을 신제품으로 내어놓으면서 가격을 대폭 인상한 것이다.

한마디로 성분은 크게 바뀌지 않고 '화콜'을 '화콜에이'로 이름만 바꿔 가격만 올려놓았다.

쉽게 만들고 많이 팔리는 약에만 몰두하고 있는 국내제약회사들의 우물 안에 머무는 사고로는 세계적으로 통용되는 신약을 만들기가 요원한 상태였다.

현재 제약업체들이 내어놓고 있는 신약들은 순수하게 자체적으로 개발한 것보다는 외국 특허가 만료된 복제약과 외국에서 합성한 물질의 조제법만을 달리해서 합성한 약들이었다.

제약회사들이 신약을 개발에 쉽게 나서지 못하는 이유는 막대한 개발비는 물론이고, 제약회사가 신약 개발에 성공하더라도 임상시험을 통해 약효가 입증되고 실제 제품으로 출하되기까지는 적어도 3년 이상은 소요되는 시간상의 제약 때문이다. 또한, 임상시험 기간 중 실패하는 신약도 적지 않다.

이러한 위험 요소들과 함께 국내 정밀화학 기반이 미흡한 상황이 신약 개발에 대한 투자를 막아서는 요인이기도 하다.

"하하하! 과한 칭찬이십니다. 단지 남들보다 관심을 더 가질 뿐입니다."

"관심만으로 이러한 일들을 해낼 수 있다면 누구나 다 재벌이 되었을 것입니다. 회장님은 자신의 능력을 너무 작게 보시는 것 같습니다."

'후후! 미래에 대한 지식을 알고 있다고 말할 수 없으니……'

"그런가요? 좋게 봐주시니 기분은 좋은데요. 그럼 닉스생명과학을 맡는 거로 알고 있겠습니다. 자, 그럼 의미로 한잔하시죠."

"예, 좋은 결과물을 만들어내겠습니다."

박명준은 기분 좋게 잔을 들었다. 제주의 바다가 한눈에 들어오는 술집에서 박명준과 나는 많은 술과 함께 닉스생명과학이 나아갈 방향에 대한 이야기를 나누었다.

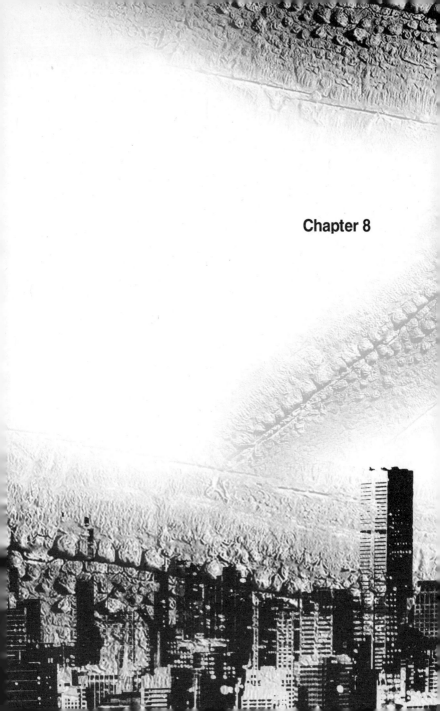

Chapter 8

취기가 오른 상태에서 택시를 타고 하얏트호텔에 도착했다.

박명준과의 자리에 가인이와 예인이를 데리고 갈 수가 없었다. 두 사람은 따로 저녁을 먹기로 했다.

대신 내일 함께 한라산 정상에 오르기로 했다.

어둠이 찾아온 밤바다에는 고깃배들이 밝은 빛을 밝히며 물고기들을 불러들이고 있었다.

시원한 바람에 술을 깰 겸 호텔 뒤편에 있는 정원 쪽으로 걸어갔다. 제주 바다가 한눈에 들어오는 언덕에는 바다를 전망할 수 있는 벤치가 놓여 있었다.

신혼여행을 왔는지 몇몇 벤치에는 여인들이 다정하게 앉아 멋진 풍경을 감상하고 있었다.

반대편 빈 벤치에 앉으려고 걸어갈 때 뒷모습이 낯설지 않은 여자가 먼바다를 뚫어지게 바라보고 있었다.

그 여자는 다름 아닌 예인이었다.

'그냥 들어갈까?'

예인이의 고백이 있었던 후부터는 왠지 서로가 예전처럼 말을 쉽게 나누지 못하고 있었다.

제주도에 와서도 별로 대화가 없었다.

'후! 이렇게 지낼 수는 없으니……'

"밖에 나와 있었네?"

일부러 큰 소리로 말했다.

"어! 오빠."

예인이는 내 목소리에 뒤를 돌아보았다.

"가인이는 어디 갔어?"

"수영장에."

"왜 같이 안 갔어?"

"여기서 그냥 바다를 보고 있는 게 더 좋아서."

"그래, 제주의 바다는 사람을 끄는 힘이 있지. 음악 준비는 잘 돼가고?"

예인이의 옆에 앉으면서 물었다.

"그런대로. 오빠는 만나기로 한 분은 잘 만났어?"

"어, 다음 주부터 같이 일하기로 했어."

"잘됐네. 오빠는 쉬는 날 없이 매일 일만 하는 것 같아."

"후후! 그러게. 그냥 남들 눈치 보지 않고 살아갈 정도만 돈을 벌고 싶었는데 말이야."

가족들을 아무 걱정 없이 부양할 수 있는 작은 바람을 넘어선 지도 한참이 되었다.

어쩌면 대한민국에서 가장 돈이 많은 사람이 내가 아닐까 하는 생각도 해본 적이 있었다.

"많이 버니까 행복해?"

"아니, 행복은 돈으로 살 수 없잖아. 모든 게 적당한 것이 좋은데 말이야. 한데 이젠 멈출 수가 없게 되었어. 나와 연관된 사람들이 너무 많아져서 말이야."

"책임자라는 위치가 쉽지 않은 자리니까. 많이 외로울 수도 있는 자리이고."

"그래도 예인이가 알아주니까 기분은 좋은데."

"난 오빠를 지금보다 더 많이 알고 싶으니까. 그래야 오빠가 채울 수 없는 빈자리를 내가 채워줄 수 있잖아."

나를 바라보며 말하는 예인이의 맑은 눈동자는 변함없이 아름다웠다.

"후후! 고마운 말이네. 난 부족한 점이 많은 사람이라서…….”

난 예인이의 말에 일부러 아무런 의미도 두지 않으려고 했다.

"나에게는 아니야. 물론 언니에게도 아니겠지만…….후! 내가 지금 이루어질 수 없는 욕심을 부리고 있다는 것을 잘 알고 있는데도……. 한데, 그 욕심을 쉽게 버릴 수가 없어.”

예인이는 차분하게 자신이 속내를 이야기했다. 이전처럼 눈물을 보이며 무거운 슬픔을 드러내지는 않았다.

하지만 담담하게 말하는 예인이의 모습이 더 안타까울 뿐이었다.

"힘들고 어려운 일들만을 골라내서 훌훌 털어버릴 수만 있으면 얼마나 좋을까? 그게 안 된다는 것을 알면서도 그걸 바랄 때가 있어.”

"나 때문에 힘들지?”

"후후, 조금은. 힘들지 않다면 거짓말이겠지. 그래도 나보다는 네가 더 힘들잖아?”

"아직은 견딜 만해. 하지만 지금 버티고 있는 선을 넘어버릴까 봐 두려워.”

예인이가 왜 음악을 시작했고, 사법고시에 몰두하는지를

나는 알 수 있었다.

어떻게든 나에 대한 생각을 떨쳐 버리려는 예인이의 몸부림이었다.

"……."

나는 예인이의 말에 어떤 말도 할 수 없었다. 아니 무슨 말을 해야 할지 몰랐다.

"오빠가 정말로 힘들 때 말해줘. 그때는 내가 멀리 떠날 테니까. 언니에게 말하지는 않았지만, 유학도 알아보고 있어."

나 또한 처음 듣는 말이었다.

'정말 많이 힘들 거야……'

"유학을 떠나려고?"

"아직은 아니고. 내가 힘든 것은 괜찮은데… 오빠가 힘들어하는 모습을 보고 있으니까 내 마음이 더 아파서. 언니한테도 미안하고……."

예인이는 정말 착한 마음씨를 가진 여자였다. 늘 자신보다는 나와 가인이를 더 걱정하고 있었다.

"어디로 가려고 하는데?"

"그건 비밀이야. 정말 내가 견딜 수 없을 때 써야 하는 최후의 방법이니까. 후! 통할지는 모르겠지만, 시간에 한번 맡겨보려고……."

"미안하다, 예인아."

예인이에게 해줄 수 있는 말이 고작 이 말밖에 없었다.

"오빠가 왜 미안해. 모두를 내가 힘들게 만들었는데. 언니한테는 아직 말하지 마. 나중에 내가 말할 테니까."

예인이의 말에 가슴이 유리에 베인 것처럼 쓰라렸다.

"······."

유학을 떠나지 말라고 말할 수 없는 지금의 처지가 아픈 마음을 더 무겁게 했다.

'천사 같은 아이인데······. 후!'

예인이의 말에 아무런 해답을 줄 수 없는 나는 어둠이 가라앉은 밤바다를 그저 바라볼 뿐이었다.

＊　　　＊　　　＊

제주도에서의 일정을 마치고 회사로 복귀했다.

일부러였을까? 예인이는 제주도에 머무는 내내 밝게 웃고 행복한 모습을 보였다.

예인이처럼 나 또한 지금의 상황을 잊기 위해서 서울에 도착하자마자 일에 매달리기 시작했다.

박명준이 닉스생명과학의 대표로 선임되자 임현석 연구소장과 함께 연구소 확충과 연구 인력 증원에 한층 더 매진했다.

걱정했던 거와 달리 두 사람은 성향이 비슷해서인지 뜻이 잘 맞았다.

임현석 연구소장은 발기부전치료제에 대한 프로젝트를 추진하기 위해 박사급 인력을 지금보다 10명을 더 뽑기로 했다.

닉스생명과학에 투자되는 125억 원의 자금 외에 본격적인 발기부전치료제 연구를 위해서 별도로 23억 원이 책정되었다.

박명준은 대표로 임명되는 날부터 닉스생명과학의 인적 쇄신안을 시행하기 시작했다.

그가 제주도에서 구상해 온 일들이었다.

나와 이야기된 의약품 수출을 강화하기 위한 해외영업부서를 대폭 강화하는 일이었다.

이미 러시아와 자이르공화국에서 상당한 양의 의약품 주문이 들어온 상황이었다.

러시아는 룩오일NY에서 후원하는 병원들에서 주문이 우선하여 들어온 것이다.

북한의 신의주특별행정구 내에 설치된 병원에서도 의약품 주문을 받았다. 국내 영업팀의 이탈로 발생한 영업 손실을 메우고도 남는 주문이었다.

소빈메디컬센터 본격적으로 가동되면 닉스생명과학의 의약품 수출은 더욱 늘어날 것이다.

또한 마포에 짓기로 한 종합병원의 진행 상황이 빨라지고 있었다. 상당한 부지를 가진 서울시와 마포구청이 생각보다 적극적으로 나서기 때문이다.

닉스생명과학의 성장세는 시간이 지날수록 확연히 달라질 것이 분명했다.

평양국제비행장에 직접 마중을 나온 김평일 최고지도자의 영접을 받은 김영삼 대통령의 방북은 평양시민들의 열렬한 환영을 받으면서 시작되었다.

자동차 행렬이 지나는 연도(沿道)에 모여든 평양시민들은 손에 든 꽃과 태극기를 흔들었다.

시민들의 손에 들린 태극기는 북한의 인공기보다 많아 보일 정도였다.

김영삼 대통령은 북한 주민의 열화와 같은 환영에 깊은 인상을 받은 것 같았다.

주석궁으로 향하는 동안 몇 차례나 차에서 내려 북한 주민들에게 손을 흔들며 화답하기도 했다.

일정에 없는 갑작스러운 행동에 경호원들은 당황했지만, 문제가 발생하지는 않았다.

차에 함께 함께 탄 김평일도 김영삼 대통령의 움직임에 맞춰 행동해주었다.

회담장이 있는 주석궁 근처까지 환영인파가 몰려 있었다.

어느 정도 사람들을 동원한 것도 있었지만, 예전처럼 강압적인 것은 많이 줄어든 상황이었다.

김평일이 집권한 후부터 다른 지역은 몰라도 신의주와 평양의 살림살이는 점점 나아지고 있었다.

한정된 북한의 예산으로는 전 지역을 감당할 수 없었다.

김평일의 집권 초기 과감하게 시행된 신의주 특별행정구와 평양의 인프라 구축 사업의 효과가 서서히 드러나고 있었다.

김정일 시대와 달리 평양 시민들의 표정은 한결 여유로웠다.

"극진한 환대를 해주시니 고맙습니다."

김영삼 대통령은 국가수반으로서는 처음으로 북한의 평양을 방문했다는 감회에 흥분된 표정이었다.

"하하! 아닙니다. 평양 시민들이 김 대통령님을 많이 좋아하는 것 같습니다."

"하하하! 그런가요. 김평일 지도자께서 애를 써주신 덕분입니다. 남북한 지도자들이 사심 없이 오가는 장을 만들었어야 했는데, 조금은 늦은 감이 있습니다."

이전 정권에서도 방북을 추진했지만, 정치적인 이해타산을 따지느라 시기를 놓쳤었다.

"지금이라도 늦지 않았습니다. 저와 김영삼 대통령께서 민족을 위한 과감한 결단을 진행한다면 많은 것을 앞당길 수 있습니다."

김평일의 과감한 결단이라는 말에 김영삼 대통령은 살짝 눈이 커졌다.

"하하하! 그래야 하겠지요. 큰마음으로 우리 한 번 이 나라와 민족을 위한 일들을 만들어보지요."

"예, 그렇게 하십시오."

김영삼과 김평일은 탐색전 없이 하고자 하는 말을 서슴없이 꺼냈다.

차량이 주석궁 입구에 도착하자 북한의 고위급 주요 관료들이 일렬로 늘어선 채로 두 사람을 맞이하기 위해 기다리고 있었다.

*   *   *

자이르공화국으로 정규화물을 보내기 위해 군수지원함 벨리키호가 부산항에 입항했다.

현재 벨리키호와 한국 국적의 화물선 대양호가 정기적으로 자이르공화국과 한국을 오가고 있었다.

한국에서 공수되는 지원품과 화물을 통해서 카로에서 영향력을 확대하고 있는 미나크 추장은 자이르공화국의 반군 지도자인 로랑 카빌라와 같은 명성을 얻고 있었다.

로랑 카빌라가 북서부지역에서 세력을 확장하고 있다면 미나크는 카로를 중심으로 중부지역에서 영향력을 확대하고 있었다.

카로에는 닉스코어가 진출하자 본격적인 개발이 이루어지고 있었다.

도로가 정비되고 전기가 공급되자 카로에 사는 주민들의 생활상은 백팔십도 바뀌었다.

전기가 공급되어 모터를 통해서 식수와 농업용수를 풍부하게 사용할 수 있는 곳이 되자 자이르공화국 전역에서 사람들이 몰려들었다.

그에 맞추어 종합병원과 학교가 설립되자 카로는 중부지역의 중심지 중 하나로 급부상했다.

"카로에서 채굴된 금과 다이아몬드의 80%는 모스크바로 보내졌습니다. 나머지 20%만 국내로 들어왔습니다."

닉스코어의 유태민 이사의 말이었다. 한국으로 모두 들려오지 못한 이유는 높은 세금 때문이었다.

"금액으로는 얼마나 됩니까?"

"3천2백만 달러입니다. 앞으로 해마다 10%씩 생산량이 늘어날 전망입니다."

카로의 금광과 다이아몬드 광산은 부수적인 것이었다. 그 지역에 묻혀있는 구리와 은이 막대했기 때문이다.

"카로에 준비 중인 정련공장은 언제 완공됩니까?"

"11월에 가동할 수 있을 것 같습니다. 자이르공화국에서 공급받을 수 있는 건설자재들이 거의 없어서 시간이 지체되고 있습니다. 또한 북부 반군들의 공세로 정부군이 재배치 되어 생긴 공백 때문에 치안이 불안해진 것도 공사에 어려움을 주고 있습니다."

카로 지역의 안전은 문제가 없었다.

하지만 카로와 자이르공화국 수도인 킨샤사를 연결하는 도로에 자주 강도단이 출몰하고 있었다.

정부군이 북부 반군의 공세를 막기 위해 병력을 이동한 결과였다.

현지의 있는 코사크의 경호를 받고는 있었지만, 시간이 갈수록 늘어나는 물자수송으로 인해 경비인력이 부족했다.

더구나 자이르공화국은 아프리카에서 알제리 다음으로 넓은 국토를 가진 나라였기에 경비인력이 많이 필요했다.

"카로 보안군들의 교육은 아직 끝나지 않았나?"

자이르공화국에서 코사크 타격대를 이끄는 예브게니에게 물었다.

예브게니는 킨샤사점령작전의 진행 상황을 보고하기 위해서 한국에 들어왔다.

"일차적으로 8백 명의 교육을 끝냈습니다. 문제는 자이르 정부군에서 이탈한 군인들이 카로에 진입하려는 시도가 몇 번 있었습니다. 그 때문에 카로의 치안을 유지하는 병력이 더 필요해졌습니다."

카로가 발전하고 물자가 풍부해지자 정부군에서 이탈한 탈주병들이 카로 지역의 상가와 금광에 약탈하려는 시도가 일어났다.

코사크와 잘 훈련된 카로의 보안군에 의해 격퇴되었지만, 안심할 수 없는 상황이었다.

카로 보안군의 숫자를 늘리고는 있지만 뛰어난 전투인력으로 다시금 탄생시키는 데는 시간이 적지 않게 소모되었다.

더불어서 전투 장비와 군사 물자를 자이르공화국 정부군의 눈을 피해 공급하는 것도 쉬운 일은 아니었다.

"중부지역 공세는 예정대로 진행될 수 있겠습니까?"

로랑 카발라는 갑작스럽게 미나크의 명성이 올라가고 세력이 커지자 당황했다.

더구나 자신을 따르던 반군세력 중 일부가 이탈하여 미나크에 합세하자 급한 마음에 수단의 지원을 등에 업고 모부투 정권을 공격하기 시작했다.

로랑 카발라의 공세 목적은 점령지를 넓혀 세력을 확장하고, 반군 병사들을 끌어들이기 위해서이기도 했다.

계획대로 로랑 카발라를 먼저 움직이게 한 것은 성공이었다.

"예, 현재 2천 명의 전투인력을 훈련 중입니다. 반군세력에서 이탈한 인원들도 속속들이 합세하고 있어서 10월이면 1차 목표인 일레보를 공세를 시작할 수 있을 것입니다."

"음, 프랑스와 벨기에 주둔군의 움직임은 어떻지?"

자이르공화국에는 천여 명 정도의 두 나라 군대가 주둔 중이었다.

"르완다의 내전으로 부룬디가 영향을 받자 자국민을 보호하기 위해 절반의 병력이 자이르공화국을 떠나 부룬디로 향했습니다."

자이르공화국과 국경을 접하고 있는 앙골라, 우간다, 탄자니아, 르완다, 부룬디 등의 나라들은 서로의 종교와 종족 간의 이해관계로 인해서 내전에 깊숙이 관여하고 있었다.

"계획대로 진행하도록 해."

"예, 알겠습니다."

회의에 참석한 닉스코어의 인물들은 러시아어로 나누는 에브게니의 대화를 알아듣지 못했다.

현재 러시아를 통해서 야포와 장갑차, 공격헬기가 자이르공화국 내로 이송 중이었다.

이 모든 진행은 말르노프 조직의 샤샤가 맡고 있었다.

말르노프는 러시아의 혼란스러운 상황을 틈타 무기 암거래 시장의 영향력을 동유럽으로 확대해 나가고 있었다.

더구나 자이르공화국과 르완다 내의 CIA 해외조직망이 붕괴되어 미국의 감시가 사라진 상태였다.

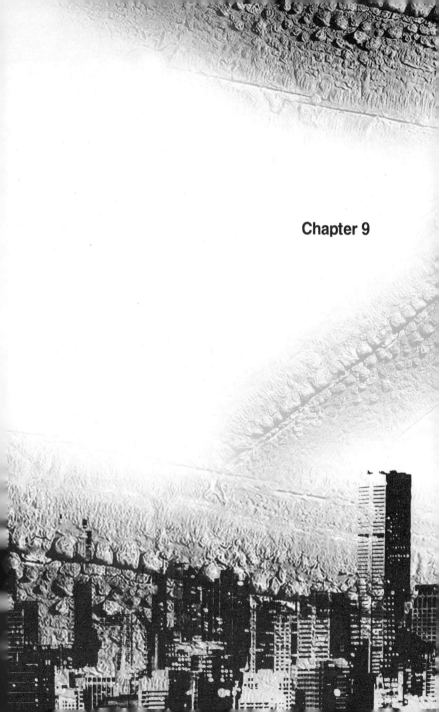

Chapter 9

　남북한의 정상들은 연일 화기애애한 분위기를 연출했다. 남쪽에서 준비해 간 정책들에 대해서 북한은 호의적인 반응을 보였다.

　남북한 이산가족의 상봉에 대해서 남측의 이견대로 판문점 근처의 토지를 이용해 이산가족들의 만남이 정기적으로 이루어질 수 있는 장소를 마련하기로 합의했다.

　남북한의 군사적 긴장 완화를 위한 조치로서 판문점에 설치된 남북한 연락사무소를 확대 개편하고, 서울과 평양에도 상호 연락사무소를 개설하기로 합의했다.

또한 남북한 지도자는 1991년에 합의하고 1992년 정식으로 효력을 발생시킨 남북기본합의서의 내용대로 한국과 북한이 당장 통일할 수 없는 현실을 고려하여 상대방의 체제를 인정하고, 군사적으로 침범하거나 파괴를 통해 전복하지 않으며, 교류와 협력을 통해 민족 동질성을 회복하는 것으로 다시 한 번 대내외에 천명했다.

한편으로 현재의 휴전선에 배치된 남북한의 군사전력 외에는 향후 더 이상의 군사적인 증강을 하지 않기로 합의했다.

그리고 내년부터 휴전선에 배치된 5%의 해당하는 군사전력을 후방으로 재배치하기로 했으며, 앞으로 50%까지 감축하기로 했다.

이를 위해 남북한은 물론 UN이 참여하여 이행상황을 감시하는 감시단을 구성하기로 했다.

김영삼 대통령과 김평일 최고지도자의 단독 면담에서는 북한의 미국과의 수교 문제를 비롯한 중국이 요구한 미군 철수와 감축 문제에 대해 허심탄회하게 의견을 교환했다.

"완전철수는 국민정서상 아직은 힘든 문제입니다. 더구나 미국은 동아시아의 힘의 균형의 한 축을 한반도의 미군 배치에 두고 있습니다."

김영삼은 김평일의 진심을 확인했지만, 남한의 국민들은

아직은 북한을 믿지 못했다.

더구나 전쟁을 겪은 국민들은 안보를 가장 우선순위로 두었고, 이러한 정서를 정치인들은 선거에 자주 이용하여 효과를 보았다.

"물론 아직은 힘든 부분이 있을 것입니다. 하지만 저희가 미국과 수교를 맺고 적성국의 딱지를 떼면 남한의 국민들도 생각이 바뀔 것입니다. 미래를 위한 투자라고 생각하시면 좋겠습니다. 더구나 남한에서의 경제적인 도움과 투자는 한계가 있지 않습니까? 일시적으로 물고기를 주는 것보다 낚시하는 법을 가르쳐서 물고기를 잡는 것이 저희에게는 더한 도움입니다. 그러려면 중국시장에 우리가 만든 제품을 팔아야 합니다."

김평일은 신의주특별행정구에서 만들어내는 제품들이 중국에서 통하리라는 것을 잘 알고 있었다.

물건이 많이 팔리면 팔릴수록 공장을 더 세워야 하고 세워지는 공장에는 일할 인력이 필요해진다.

김평일의 머릿속에는 감축되는 병력의 인원들을 특별행정구와 새롭게 합의한 개성공단 설립에 투입할 계획을 하고 있었다.

"그럼 미국과의 외교 협상은 어디까지 되어 있으십니까?"

"일차적으로는 외교연락소를 먼저 설치하자고 미국 측에서 제의하고는 있지만, 저희는 완전한 외교관계수립을 요구하고 있습니다. 미국이 요구한 핵 포기 선언을 공식적으로 발표했기 때문에 미국도 이에 상응하는 조처를 할 것으로 생각하고 있습니다."

북한이 미국과의 외교관계가 공식적으로 성립되면 북한의 위협에 맞서서 미군이 한반도에 주둔할 이유가 사라지게 된다.

"음, 알겠습니다. 중국이 요구하는 조건이 어느 정도인지는 모겠지만, 미국과의 협의를 통해서 미군의 일부분이라도 철수하는 모습을 보이도록 하겠습니다."

"하하하! 감사합니다. 저희도 완전 철수가 연내에는 이루어질 수 없다는 것을 중국에 전달하겠습니다."

김영삼 대통령의 말에 김평일은 만족스러운 웃음을 보였다.

"그리고 제게 말씀하신 대로 간도를 정말 찾아올 수 있겠습니까?"

김평일은 김영삼 대통령에게 간도에 대한 이야기를 슬쩍 흘렸다.

"쉽지는 않을 것입니다. 하지만 시도는 해봐야지요. 그리고 그러기 위해서는 저희가 경제부흥이 일어나야 합니다. 지금의 상황으로는 자칫 중국의 거센 물결에 휩쓸려버릴 수도 있습니다. 중국의 힘이 지금보다 더 커지기 전에 저희가 힘을 길러야만 가능성이 있습니다."

"하하하! 참으로 기개가 높으신 생각이십니다. 저도 최대한 힘을 보태겠습니다. 제 임기가 5년뿐이라는 것이 정말 아쉬울 뿐입니다."

김영삼 대통령의 말은 진심이었다. 5년 임기가 아닌 김평일처럼 권력에 계속 머무를 수 있다면 민족을 위해서 더 큰 일을 할 수 있다는 생각이 들었기 때문이었다.

"감사합니다. 이번 남한의 지원이 아니었으면 정말 힘들 수 있는 상황에 놓일 수 있었습니다."

북한의 때 이른 장마로 인해 홍수가 발생하여 피해가 심각했다. 김영삼 대통령의 방북과 동시에 정부는 건설장비와 긴급구호 물품을 북한에 전달했다.

"하하하! 남북한이 하나의 형제자매인데 도와야지요. 앞으로 민족의 번영을 위해서 함께 노력해 나갑시다."

"하하하! 물론입니다."

크게 웃는 김영삼 대통령이 내민 손을 마주 잡은 김평일의 얼굴에도 환한 웃음이 피어올랐다.

김영삼 대통령의 방북은 남북한의 신뢰를 한층 더 끌어올린 일이었고, 군비경쟁에 쏟아붓고 있는 막대한 자금을 경제발전으로 돌릴 수 있는 계기를 마련한 중요한 일이었다.

그러나 미국을 비롯한 동북아의 주변 강국들은 남북한의 화해 모드를 달갑지 않은 시선으로 보고 있었다.

김영삼 대통령의 방북으로 북한은 얻는 것이 많았다.

홍수 피해로 수해를 당한 지역의 복구를 위해서 1억2천만 달러가 지원되었고, 개성을 연결하는 경의선 복구비용을 남한에서 전적으로 지원하기로 했다.

한편으로 북한의 최대 수력발전 댐인 수풍댐의 낡은 시설 교체작업에 5천만 달러를 지원하며, 1993년 현재 건설 중인 화력발전소인 12월화력, 동평양화력, 해주화력, 사리원화력 등에도 2억3천만 달러를 투자하기로 했다.

또한 신의주 특별행정구에 필요한 물품공급에 있어 한시적으로 부가세와 관세를 면제해 주기로 했다.

북한 전력시설의 확대를 위하여 북한 탄광의 현대화 작업에도 2억7천만 달러를 지원하기로 했다.

북한의 화력발전은 대부분 석탄을 이용하고 있었다.

북한의 석탄 총 매장량은 147억 톤에 달하며 그중 채굴이 가능한 채굴 가능량은 79톤이다.

1993년도 석탄의 실제 생산량은 2710만 톤으로 추정되며, 그 이후에도 신규 탄광의 개발 부진, 채굴의 심부화(深部化), 장비의 노후화 등으로 채굴량이 지속해서 감소하여 1998년에는 1,860만 톤 수준으로 떨어졌다.

이와 같은 석탄생산의 부진은 최근 외화부족으로 인한 원유도입량 감소와 함께 에너지 부족을 심화시키는 요인이 되고 있으며, 이러한 사정으로 북한은 저열탄(발열량이 적지만 연료로는 쓸 수 있는 석탄)과 초무연탄(보통의 석탄에 비하여 고정 탄소량이 매우 적고 재 성분이 많아 열량이 낮다)을 취사와 난방용 및 소규모 지방 산업공장의 에너지원으로 개발·사용할 것을 적극적으로 권장하고 있다.

정부는 북한의 시급한 에너지와 전력 사정을 우선해서 지원하기로 한 것이다.

북한 당국도 군비감축으로 인한 재원을 식량 생산과 비료공장 건립에 투자하기로 했다.

북한의 농업은 경제체제의 한계와 자연적으로 불리한 영농조건 등으로 생산량의 체감 현상이 점점 더 심화하고 있었다.

북한의 재배면적은 1993년 현재 158만 6000정보이며 이 중 논은 총 재배면적의 36.8%인 58만 3000정보이다.

농가인구는 850만여 명으로 전체인구의 약 37.1%를 차지하고 있지만, 몇 년간 집중적으로 발생한 자연재해 등으로 해마다 식량 생산의 어려움을 겪고 있다.

농업에 대한 적극적인 투자는 매년 식량 부족 현상이 일어나는 이러한 상황을 타개하려는 조치였다.

김평일은 협동농장의 합리화 조치를 발표하여 협동농장의 비합리적인 생산량 할당을 바꾸었고, 초과생산 분은 모두 농민들이 가져갈 수 있도록 했다.

또한 북한 당국이 소유한 농지를 개인이 살 수 있도록 하는 법안을 상정했으며, 중국처럼 30~50년간 장기간 임대하는 형태를 취했다.

한편으로 김평일은 중국이 취하고 있는 개혁개방정책을 배우기 위해 경제관료들을 대거 중국에 파견했다.

군사정책 우선주의와 우상화 작업에서 벗어나 실용적인 경제정책과 외교정책을 펼치고 있는 김평일에 대한 해외언론들은 평가는 상당히 호의적이었다.

해외 언론들은 김평일을 중국의 덩샤오핑(등소평)처럼 북한을 탈바꿈시켜 국제사회의 일원으로 이끌어가는 훌륭한 지도자로 평가했다.

동북아의 화약고인 북한의 놀라운 변화는 미국의 동북아정책에도 큰 변화를 주고 있었다.

북한의 변화와 김평일의 확고한 개혁개방에 대한 의지에 대해 미국의 집권당인 민주당과 공화당에서도 큰 호응이 있었고, 한반도의 주둔 중인 미군에 대한 감축의 필요성도 대두하기 시작했다.

그러나 남북 간의 화해 분위기로 동북아의 긴장완화를 원치 않는 미국의 군산복합체가 움직이기 시작했다.

미국에는 두 마리의 괴물이 있는데 하나는 CIA이고, 다른 하나는 군산복합체이다.

1차, 2차 세계대전과 한국전쟁을 거치면서 급속하게 성장한 군사복합체로서는 언제든지 전쟁의 방아쇠를 당길 수 있는 화약고 중의 하나인 한반도의 안정을 원치 않았다.

구소련의 몰락으로 세계 유일의 제국으로서 전쟁 위협과 실제 전쟁을 팔아먹고 사는 미국의 군사복합체는 한국, 일본, 대만 등의 우수 고객을 놓칠 수가 없었다.

"정부에서 제철회사에 대한 허가가 나왔습니다."

닉스홀딩스의 김동진 비서실장의 보고였다.

"예상보다 빨리 나왔네요?"

"예, 김평일 최고지도자가 적극적으로 김영삼 대통령에게 신의주 제철소의 필요성을 이야기했다고 합니다."

북한에 대한 투자는 정부의 주도로만은 한계가 있었다. 더구나 북한 전역에서 이루어지고 있는 다양한 공사들로 인해서 철근과 철제빔 등의 건설자재들이 부족했다.

한편으로는 철광산에서 채굴되는 철광석을 중국으로 수출하는 것보다 제철소에서 나오는 고부가가치의 철강제품으로 판매하는 더욱 유리했기 때문이다.

"하기야 대통령의 의지가 있으면 못할 것도 없겠지요. 정부가 적극적으로 나올 때 우리가 원하는 것을 빨리 처리하는 것이 좋습니다. 부지 선정을 확정하시고 연내에 착공하도록 하십시오."

제철소의 부지는 향후 용광로 증설과 부대시설을 위해 적어도 백만 평 정도가 필요했다.

신의주 특별행정구의 제4 지구로 조성하려고 했던 부지가 유력했다.

이성계의 위화도회군으로 유명한 위화도도 후보지 중의 하나였지만 홍수방지에 들어가는 비용과 다리 건설 비용이 예상보다 높게 나오자 보류되었다.

"예, 계획대로 진행하겠습니다."

김동진 비서실장은 인사를 한 후 방을 나갔다.

김영삼 대통령의 방북 이후 정부는 적극적으로 대북투자에 대한 의지와 협조를 재계에 요청하고 있었다.

닉스제철의 설립에도 정부는 이전과 달리 상당한 혜택을 부여해 주었다.

더불어서 대북경협자금을 지원을 통해서 필요한 건설비

용의 25%를 이자 없이 끌어올 수 있었다.

"제철소까지 완성되면 닉스홀딩스는 더욱 단단해지겠
지……."

닉스제철소는 북한, 러시아, 호주 등에서 저렴한 가격에
안정적으로 철광석을 공급받을 수 있었다.

국내에 있는 어느 제철소보다도 원료 수입에 있어 가장
유리한 위치에 올라서는 것이다.

닉스홀딩스의 거침없는 행보와 투자에 국내 기업들과 언
론은 놀라는 모습을 보였다.

막대한 자금이 소요되는 정유공장과 화학공장에 이어서
제철소 설립까지 이어지자 닉스홀딩스의 자금력에 관심을
쏠렸다.

*   *   *

"허 참! 이놈은 어디서 돈을 가져다 쓰는 거냐?"

신문에 발표된 닉스제철소 설립의 기사를 본 한라그룹의
정태술 회장이 새롭게 비서실장으로 임명된 김웅석을 보며
물었다.

그는 하위권에 있던 한라시멘트를 국내 시멘트업계 순위
2위로 끌어올려 정태술의 신임을 받고 있었다.

한라그룹은 한라건설이 가지고 있던 서초동 땅을 소빈뱅크에 1천8백억 원에 팔아서 급한 불을 껐다.

"알아볼까요?"

"아니야, 됐어. 하도 문어발처럼 사업을 넓히고 있어서 하는 소리야."

"국내 은행들에서 돈을 빌리는 것 같지는 않은 것 같습니다. 닉스와 블루오션의 성장세가 무섭다고는 하지만 몇조 원에 달하는 건설비용을 대기에는 역부족입니다."

"내가 생각하는 것이 그 점이야. 제철이 무슨 애들 이름도 아니고 말이야. 정유와 화학이 운 좋게 룩오일NY의 투자를 끌어냈다고는 하지만 닉스홀딩스에서도 투자를 했을 것 아냐?"

한라그룹에서도 제철사업에 대해 검토를 하고 있었지만, 한라㈜와 한라건설로 인해 그룹자금이 소진되자 내후년으로 사업을 보류한 상태였다.

삼성의 자동차사업 진출과 함께 조선업이 일본을 따라잡으며 무섭게 성장하자 철강제품에 대한 수요가 급속히 늘어나고 있었다.

거기에 중국이 하루가 다르게 경제가 성장하자 중국에서도 철강수요가 가파르게 늘고 있었다.

"예, 룩오일NY의 이름 없이 닉스의 이름을 독자적으로 썼다는 것은 상당한 부분을 닉스홀딩스가 부담했을 가능성이 크다는 것을 말해주는 것입니다."

합작이나 투자가 이루어지면 회사의 지분이나 이름에 대한 권리를 요구할 때가 많았다.

하지만 닉스홀딩스가 추진하는 정유, 화학, 제철 모두 닉스의 독자적인 이름을 사용하고 있었다.

"정말 어디서 도깨비 방망이라도 구해온 건지 아니면 한국은행에서 돈 찍는 기계를 빌려와서 돈을 찍어 대는 건지 도대체 알 수가 없어."

"분수에 맞지 않는 무리한 확장은 얼마 못 가서 한계에 부닥칠 수밖에 없습니다. 닉스홀딩스는 1~2년 안에 큰 어려움을 겪을 것입니다."

"음, 그러겠지. 한데 말도 되지 않는 일들이 그놈의 회사에서는 종종 일어난단 말이야. 그건 그렇고, 한라건설은 이제 어때?"

"하반기가 되면 정상적으로 돌아갈 것입니다. 부실 사업장들은 모두 정리된 상황입니다. 우선은 시간이 오래 걸리는 재개발보다는 중소규모 단지의 아파트와 고급빌라단지를 공급할 계획입니다."

"자잘한 것으로 돈이 되겠어?"

"서울의 주택보급률이 현저히 떨어지기 때문에 짓기만

하면 분양이 될 것입니다. 논현동과 서초동의 단독주택들을 인수해 미국의 비버리 힐스의 고급빌라들을 표방하여 지어놓는다면 충분히 승산이 있을 것입니다. 재개발사업에서 실추된 한라건설의 이미지를 고급주택공급을 표방하는 업체로 바꾸는 것도 나쁘지 않다고 생각됩니다."

"그래 알았어. 지금까지 재개발로 깎아먹은 것들을 잘 만회해 봐."

한라건설의 새로운 변화를 비서실장인 김웅석이 주도하고 있었다.

한라건설의 사장 또한 한라시멘트에서 김웅석과 손발을 맞추었던 진승민 전무가 새롭게 임명되었다.

한라그룹은 정태술 회장의 비서실장인 김웅석이 전면에 나서면서 한라그룹 기획조정실의 업무까지도 관장하게 되었다.

"예, 만족스러운 결과로 보여 드리겠습니다."

"좋아. 이번에도 확실히 보여줘 봐."

김웅석의 자신 있는 대답에 정태술은 만족스러운 표정이었다.

한라건설의 변화에 호응하듯이 액면가까지 떨어졌던 주식도 조금씩 상승세를 그리고 있었다.

정태술이 다른 일정을 미루고 찾은 곳은 북촌의 한 철학관이었다.

이곳에서 큰일이 있을 때마다 자신이 앞으로 진행할 사업에 대한 전망과 운세를 점쳤다.

서초동 땅이 자신의 것이 아니라는 이야기에 내어주게 된 것도 이곳에의 말을 듣고서였다.

이곳의 관상가는 정태술이 올해 큰 곤욕을 치를 것이라고 말을 했다. 실제로 옥수동 재개발사업으로 인해 검찰에 피의자로 송환되어 구속될 위기에 처했었다.

"요새도 잠을 제대로 주무시지 못하십니까?"

"후! 이거 영 불안해서 도통 잠을 자지 못하겠습니다."

60대로 보이는 관상가의 말에 정태술은 한숨을 내쉬며 말했다.

"회장님의 선택을 믿고 기다리십시오. 올해만 잘 넘기면 원년의 기운을 다시금 회복하실 수 있습니다."

"정말 그랬으면 좋겠습니다."

"하하하! 새롭게 회장님의 비서실장이 된 김웅석 씨의 사주는 윗사람의 비위를 안 건드리면서 시키는 일을 군소리 없이 해내는 사주입니다. 더구나 둥글넓적한 회장님의 관상에는 얼굴이 길쭉한 사람이 최상의 궁합입니다. 대신 당분간은 안 씨, 강 씨, 송 씨, 박 씨 성을 가진 인물들에게 원한을 지는 일을 하지 마십시오."

정태술이 김웅석을 비서실장으로 선임한 것도 관상가의 말을 듣고 한 일이었다.

"내가 조심해야 한단 말입니까?"

"회장님과 가족분들 모두입니다. 사소한 작은 일이 큰일을 망치는 법입니다. 지금은 맞서서 이길 형국이 아닙니다. 거침없이 쏟아지는 비를 잠시 피해야 할 시기입니다."

"예, 명심하겠습니다."

한라그룹의 정태술 회장은 점술과 사주를 신봉하는 인물이었다.

Chapter 10

"서초동 부지대금 1천8백억 원과 별도로 6백50억 원을 한라건설에 대출해 주었습니다."

소빈뱅크의 서울지점을 맡고 있는 그레고리의 보고였다.

소빈뱅크가 한라건설이 내어놓은 서초동 땅을 사면서 맺은 인연을 자연스럽게 이용했다.

한라건설의 주거래 은행인 한일은행에서 제시한 담보대출 조건보다도 더 낮은 이율을 소빈뱅크가 제시했다.

한라건설은 서초동 땅을 통해서 얻은 돈으로 긴급하게 자금수혈을 했지만, 신규로 사업을 진행할 자금은 부족한 상황이었다.

"좋아, 한라건설의 주식도 계속 매집하도록 해."

"예, 알겠습니다."

소빈뱅크를 통한 한라그룹의 흔들기는 끝난 것이 아니었다.

이제 다시 기운을 추스르려는 한라건설에게 치명타를 날릴 준비를 하고 있었다.

더는 회생할 수 없는 길을 가게끔 말이다.

자이르공화국의 내전이 본격적으로 전개되기 시작했다.

북부지역에서 로랑 카빌라가 이끄는 자이르해방전선이 자이르 정부군과의 전투에서 승리하자 군소세력의 반군들도 모부투 정권 타도에 동참하기 시작했다.

모부투 대통령은 전군에 비상령을 내리고 북부 전선으로 병력을 실어 나르기 시작했다.

그러나 카로의 미나쿠 추장은 움직이지 않았다. 로랑 카빌라가 서전에 승리했지만, 아직 갈 길이 멀었다.

미나쿠는 오히려 정부에 협조하는 태도를 보여 모부투 정권의 감시를 느슨하게 만들었다.

그러한 미나쿠의 친정부적인 모습에 자이르공화국 정부는 카로 지역을 포함한 중부 지역의 보안책임자로 미나쿠를 선임하기까지 했다.

정부군의 감시가 사라지자 러시아에서 보내온 무기들이 하나둘 카로로 보내지기 시작했다.

본격적인 전투가 시작되는 올해 말까지 미나쿠는 더욱 세력을 넓혀 나가며 자이르 정부군과 자이르해방전선 싸움에서 어부지리를 노릴 예정이었다.

"자이르공화국에 들어가 봐야 할 것 같습니다."

"갔다 온 지 얼마나 되었다고 또 들어가십니까?"

김만철은 내 말에 불만 섞인 표정으로 말했다. 자이르공화국에 들어가면 몇 달은 집에 올 수 없는 것이 가장 큰 이유였다.

"모부투 대통령이 절 찾고 있습니다."

"뭐 때문에 모부투가 회장님을 찾습니까?"

"모부투의 건강이 좋지 않습니다. 그러다 보니 자기 자식들에게 그동안 착복한 나랏돈을 안전하게 물려주고 싶어 합니다."

모부투는 내전시대를 이용하여 반공주의를 담보로 미국 등 서방국가들의 지원을 받았으나, 대부분을 착복하여 국가 경제를 파탄으로 몰아넣었다.

30년간 저지른 모부투의 부정은 대략 50억 달러로 파악되고 있으며 세계 각처에 부동산과 비밀계좌를 개설하여 돈을 빼돌렸다.

그러한 모부투는 현재 암을 앓고 있었다.

"독재자 놈들이란 어딜 가나 하나같이 똑같은 것 같습니다."

김만철은 목소리를 높였다.

"하하하! 걱정하지 마십시오. 모부투의 뜻대로 되지 않게 할 것이니까요."

"어떻게 하실 생각이십니까?"

"부정으로 얻은 모부투의 돈으로 자이르공화국의 부족한 인프라를 구축할 것입니다. 자이르공화국 국민에게 다시 돌려주어야지요."

이미 모부투는 소빈뱅크에 5억 달러를 예치하고 있었다.

"역시! 우리 회장님은 생각이 다르십니다."

"그러기 위해서는 로랑 카빌라가 아닌 미나쿠 추장이 정권을 잡아야만 합니다."

"언제 가실 생각이십니까?"

"다음 주에는 들어가야겠지요. 본격적인 내전으로 치닫기 전에 할 일이 많습니다. 자이르공화국 내 닉스코어의 자산들에 대해 안전장치를 만들어놔야지요."

"후! 다시금 독수공방 신세가 된다고 생각하니 마음이 착잡합니다."

"하하하! 형수님이 그렇게 좋으십니까?"

"하하하! 어떻게 매일 좋겠습니까. 그래도 결혼해 보십시오. 눈에 넣어도 아프지 않은 딸자식 재롱에도 살맛이 납니다."

"김 부장님 때문이라도 이번 출장은 최대한 일찍 끝내야겠습니다."

"제발 그렇게 해주십시오."

"하하하! 알겠습니다."

김만철의 웃음이 절로 나왔다. 하지만 말처럼 빨리 끝날 출장은 되지 못할 것 같았다.

*   *   *

러시아 현지 경호팀과 코사크의 타격대 7팀이 추가로 자이르공화국에 파견되었다.

자이르공화국에는 타격대 4팀이 머무르고 있었다.

현재 자이르공화국은 내전의 불씨가 커지자 현지에 머무는 외국인들이 하나둘 본국으로 떠나고 있었다.

수도인 킨샤사의 도심에서 14㎞ 떨어진 은질리 국제공항에 내리자마자 달라진 분위기를 감지할 수 있었다.

이전보다도 공항을 지키는 보안군의 숫자가 많아지고 표

정들도 더욱 경직된 모습이었다.

어제는 킨샤사 도심에서 폭발물이 터져 4명이 죽고 35명이 부상을 입었다.

"어서 오십시오. 대통령께서 기다리고 계십니다."

공항에는 모부투 대통령의 비서실장인 치반다가 직접 마중을 나와 있었다.

그의 지시로 나와 일행은 별다른 검사 없이 곧장 출입국장을 빠져나왔다. 현재 자이르공화국으로 들어오는 외국인들은 철저한 보안검사가 이루어지고 있어서 공항을 빠져나오는 데에만 서너 시간이 걸렸다.

"그동안 별일 없으셨습니까?"

"소식을 들으셨는지는 모르지만 로랑 카빌라가 평화협정을 일방적으로 깨고서는 정부 시설물과 정부군을 공격했습니다. 북부에서 시작된 전투가 점점 내륙으로 확대되고 있습니다."

치반다 비서실장의 말처럼 로랑 카빌라가 이끄는 자이르 해방전선의 초기 공격은 성공적이었다.

정부군의 패배로 북동부 지역에서도 정부군이 공격당하는 일이 빈번하게 벌어지고 있었다.

"상황은 어떻습니까?"

"좋지 않습니다."

자이르공화국 정부는 전선의 확대를 막기 위해 안간힘을 쓰고 있었지만, 부정부패로 인해서 정부군에게 보급되어야 할 군사 물자와 탄약이 반군에게 돈을 받고 넘어가는 웃지 못할 일도 벌어졌다.

부패한 정부군의 무장이 반군보다 빈약하고 사기마저 떨어지자 연이은 전투에서 패배를 맛보고 있었다.

"저희가 투자한 시설물에 대한 보호는 자이르공화국 정부에서 해주셔야 하는 것 아닙니까?"

닉스코어와 룩오일NY에서 투자한 시설들에는 코사크 대원들이 상주하고 있었다.

그렇지만 자이르공화국 정부를 믿고 투자한 상황에서 안전에 대한 요구는 합당한 것이었다.

"직접 대통령께 말씀하시는 것이 나으실 것입니다."

치반다의 대답이 상황이 좋지 않음을 대변해 주었다.

"음, 알겠습니다."

나는 러시아에서 온 경호대의 호의를 받으며 대통령궁으로 향했다.

"하하하! 다시 보니 정말 반갑습니다."

모부투 대통령은 나를 보자 반갑게 웃으면서 반겼다. 하지만 그의 표정에서 어두운 그늘이 보였다.

대통령궁 주변에도 이전에 없던 장갑차가 배치되어 있었다.

"예, 저도 자이르를 다시 찾으니 기분이 좋습니다. 건강은 어떠십니까?"

모부투는 나에게 암을 앓고 있다고 말했었다.

"좋아지고 있습니다. 10월 정도에 스위스로 가서 본격적인 치료를 받으려고 합니다."

"좋은 곳에 치료를 받으시는 것이 건강에도 도움이 되실 것입니다."

"감사합니다, 앉으시지요. 강 회장님께 할 이야기가 많습니다."

모부투는 날 몹시 기다린 것 같았다.

그는 내가 예상한 대로 그동안 부정으로 축적된 돈을 국외로 빼돌릴 방안을 마련하길 원했다.

자이르공화국의 중앙은행에 보관 중인 모부투 소유의 다이아몬드와 금괴는 3억 달러의 값어치를 지녔다.

또한 국영기업에서 광물수출로 벌어들인 8억 달러도 러시아로 빼돌리고 싶어 했다.

현재 자이르공화국과 한국의 부산항, 그리고 블라디보스토크를 왕래하는 군수지원함 벨리키호를 통해서 5억 달러를 러시아로 보냈었다.

국제사회의 감시와 자국민의 눈을 피해서 손쉽게 자이르 공화국의 국고를 빼돌리는 방법이 생기자 모부투는 욕심을 부리고 있었다.

"그러면 총 11억 달러입니까?"

"이스라엘에 있는 돈도 러시아로 옮기고 싶습니다."

"얼마나 되십니까?"

"6억 달러입니다."

"그러면 모두 17억 달러입니다. 수수료는 3천4백만 달러 입니다만 3천만 달러만 받겠습니다."

전체금액의 2%에 해당하는 금액을 수수료로 챙겼다.

"하하하! 감사합니다. 나도 그냥 있을 수 없으니 닉스코 어가 요구했던 카로 지역의 철도 개설을 허가해 드리겠습 니다."

"정말 감사합니다."

나는 고개를 숙여 모부투 대통령에게 인사를 건넸다. 수 도인 킨샤사와 카로를 연결하는 철도는 꼭 필요했다.

자이르공화국 내 도로들은 대부분 포장되지 않은 도로라 부피가 큰 물품을 이송할 때 애를 먹었다.

실질적인 목적은 카로의 철도 개설을 핑계로 군사 물자 를 마음먹은 대로 실어 나르려는 것이 가장 컸다.

마타디항의 운영권을 가지고 있는 닉스코어는 항구에 특

별구역을 설정하여 자이르공화국의 항만관리자들도 접근을 허락하지 않았다.

이 모든 것이 가능한 것은 모부투 대통령의 특별명령 때문이었다.

모부투 검은 자금을 러시아로 보낼 때 그 누구에게도 보여주지 않으려는 조치이기도 했다.

현재 마타디항구에는 러시아에서 보낸 야포와 탄약이 특별구역 내에 자리를 잡은 창고에 보관 중이었다.

숙소인 멜링호텔에 도착하자 현지 코사크 정보팀을 이끌고 있는 쿠즈민이 날 기다리고 있었다.

"로랑 카빌라가 이끄는 자이르해방전선이 하이에나라는 용병조직을 끌어들였습니다. 자이르 정부군과의 전투에서도 이들이 큰 활약을 펼쳤습니다."

"하이에나는 어떤 조직이지?"

"중부 아프리카에 속해 있는 나라들의 정부군 출신들이 만든 용병조직입니다. 지금껏 많은 내전에 참전해서 실전 능력이 뛰어납니다. 더구나 전쟁고아들을 모집해서 일찍부터 전투기술을 가르치고 실전에 투입해 전투 병기로 양성하는 집단입니다."

쿠주민의 말처럼 하이에나 용병조직은 앙골라, 우간다,

중앙아프리카, 르완다, 수단, 탄자니아 출신의 정부군 이탈자들이었다.

"병력은 얼마나 되지?"

"정확한 숫자는 아직 확인되지 않고 있습니다. 대략 2천 명 안팎으로 보고 있습니다."

"음, 생각지 못한 변수가 생겼군. 하이에나를 이끄는 인물은 누구지?"

"탄자니아 출신의 비나이사 대령입니다. 실제로는 중위 출신이지만 스스로 대령이라고 칭하고 있습니다."

"그런데 여러 나라의 정부군 출신들이라면 서로 말이 통하지 않을 텐데, 어떻게 움직이고 있는 거야?"

탄자니아는 영어를, 앙골라는 포르투갈어를, 우간다는 영어와 우간다어를, 중앙아프리카는 프랑스어와 상고어를 공영어로 사용한다.

각 나라가 식민지 지배를 어느 나라에 받았느냐에 따라서 언어가 달라졌다.

"매티스라는 벨기에 출신 인물이 통역을 담당하고 있습니다. 그 또한 프랑스의 외인부대에서 활동한 경력이 있습니다."

매티스는 5개 국어를 구사할 줄 아는 인물이었다.

"현재 자이르공화국에 머무는 코사크의 전투병력의 숫자

는 얼마나 되지?"

"새롭게 추가된 코사크 타격대 7팀을 포함해서 388명입니다. 현재 마타디항구에 50명과 수도인 킨샤사에 55명이 주둔 중이며, 나머지는 모두 카로에 배치되어 있습니다."

자이르공화국 현지에 군대를 파견한 프랑스와 벨기에보다도 많은 숫자였다. 두 나라의 병력은 내전이 발생한 르완다와 부룬디로 나누어졌다.

한 나라의 군대보다도 일반기업에서 전투인력을 대대 병력에 가깝게 보낸다는 건 절대 쉬운 일이 아니었다.

더구나 병력과 장비를 유지하는데 들어가는 비용이 만만치가 않기 때문이다.

"추가적인 병력이 필요한가?"

코사크 타격대와 함께 현지 병력의 지휘를 맡고 있는 예브게니에게 물었다.

"현재로써는 추가병력이 필요한 상황은 아닙니다. 카로에서 훈련되고 있는 전투병력의 훈련이 끝나는 시기까지 자이르 정부군이 북부에서 잘 버텨주는 것이 저희에게 도움이 됩니다."

자이르공화국 정부는 카로 지역의 치안유지 목적으로 병력을 훈련하는 것으로 알고 있었다.

또한 훈련병의 숫자는 3백 명 정도로 보고되었다. 하지만 실제로는 3천 명이 넘는 숫자였다.

이미 카로 지역의 정부관계자와 정부 보안군은 미나쿠 추장과 함께하기로 했다.

미나쿠의 뒤에 있는 닉스코어와 코사크의 힘을 보았기 때문이다.

"그렇다면 적절하게 정부군을 도와줘야겠지. 모부투가 철도 부설을 허가했다. 남보 에너지장관과 협의해서 창고에 있는 물건들을 카로로 이동시켜."

모부투 대통령의 최측근인 남보 에너지장관도 닉스코어에게 매수되어 적극적으로 일을 돕고 있었다.

"알겠습니다."

"후후! 이제야 본격적인 작전이 시작되는군."

나의 말에 회의에 참석한 인물들의 얼굴에 생기가 돌기 시작했다.

오랜 기간 준비했던 킨샤사점령작전의 신호탄이 쏘아 올려진 것이다.

카로의 변화는 놀라웠다.

광산을 중심지로 하여 수많은 판자로 지은 집들이 세워져 있었다.

병원과 학교가 있는 곳에는 벽돌집들이 들어서 있었고,

그 중심으로 거리가 형성되었다.

그 오른쪽으로 코사크의 주둔지가 있었다.

닉스코어의 사무실로 쓰이는 곳도 3층 건물로 닉스E&C에서 지어놓았다.

닉스E&C는 카로 현지에 벽돌공장을 세워서 벽돌을 생산하고 있었다.

닉스병원은 백 명이 입원할 수 있는 병실과 함께 응급실, 수술실, 검사실 등을 갖춘 종합병원이었다.

카로를 중심으로 해서 145km 이내에는 병원 찾기가 어려웠고, 내과와 외과, 안과, 산부인과를 갖춘 종합병원은 더더욱 없었다.

나는 제일 먼저 닉스병원을 이끄는 신장곤 박사를 찾았다.

"하하하! 어서 오십시오."

신장곤 박사는 밝은 표정으로 날 맞이해주었다.

"잘 계셨습니까? 고생이 많으십니다."

"고생이라니요, 다 제가 좋아서 하는 일입니다. 회장님께서 많은 지원을 해주셔서 병원이 아주 잘 돌아가고 있습니다."

현재 카로의 닉스병원은 신장곤 박사를 포함한 7명의 한국인 의사와 4명의 러시아 출신 의사, 그리고 자이르공화국 현지 의사 5명이 근무 중이었다.

"부족한 것이 있으시면 언제든지 말씀하십시오. 필요하시다는 의약품들을 오는 길에 넉넉히 챙겨왔습니다."

"하하하! 제가 아프리카에서 일하는 동안 이러한 지원은 정말이지 없었습니다. 숙소도 잘 지어주시고 정말 감사드립니다."

"하하하! 아닙니다. 신 박사님이 아니었으면 카로에 병원을 세울 수 없었을 것입니다."

"제가 복이 많은 것이겠지요. 정말 제가 바라던 일을 의약품과 돈 걱정 없이 할 수 있으니 말입니다. 솔직히 한국에 머물렀을 때 많이 답답했습니다. 적응도 안 되고 제가 할 일이 별로 없었거든요. 제 넋두리는 이만하고 병원을 안내해 드리겠습니다."

"하하하! 예, 저도 완공된 병원이 몹시 궁금했습니다."

신장곤 박사의 안내로 병원의 둘러보았다. 한국에 있는 종합병원에는 미치지 않았지만 자이르공화국 내에서도 손꼽힐 수 있는 병원이었다.

닉스병원에는 CT(전산단층촬영기), 초음파 검사기, X레이 촬영기 등이 갖춰졌으며 CT는 자이르공화국에서 3대밖에 없는 고가의 의료장비였다.

MRI(자기공명단층촬영장치)까지 갖춰 주려고 했지만, CT로도 충분하다며 신장곤 박사가 거부했다.

고가의 의료장비에 대한 설치 운영이 아직은 미숙하여 자칫 고장이 날 경우 고칠 수 있는 기술자가 자이르공화국에는 없는 것이 가장 큰 이유였다.

"이곳이 혈액검사실입니다. 이전에는 꿈도 꿀 수 없는 시설입니다."

신장곤 박사의 말처럼 피검사만으로도 많은 질병을 발견할 수 있었다.

"자이르공화국이 안정이 되면 더 좋은 시설을 갖출 수 있을 것입니다."

"하하하! 지금도 전 100% 아니 300% 만족합니다."

신장곤 박사는 큰 소리로 웃으면서 말했다.

"그럼 앞으로 200%는 더 올려드리겠습니다."

"정말 고마운 말씀입니다. 한데 이렇게 운영을 하셔도 괜찮으시겠습니까?"

현재 닉스병원으로 오는 주민들은 병원비를 낼 수 있는 형편이 못 되는 사람들이 많았다.

광산에서 일하는 사람들도 있었지만, 외부에서 몰려든 사람들 대다수가 아직은 일을 구하지 못하고 있었다.

현재 카로의 주민들 우선으로 일자리를 주고 있기 때문이다.

당장 수술을 해야 하는 사람들도 병원비 때문에 병원에 입원하지 못했다.

하지만 닉스병원은 최소한의 병원비를 받고 치료를 하고 있었다.

치료에 들어가는 약값에도 못 미치는 돈이었다.

"카로의 광산에서 충분한 이익을 얻고 있습니다. 앞으로도 더 많은 이익이 발생할 수 있는 곳입니다. 그 이익을 이곳의 주민들에게 나눠주는 것이니까, 걱정하지 마시고 치료를 해주십시오."

카로의 금광과 다이아몬드광산에서 나오는 이익의 10% 정도로도 충분히 병원과 학교를 운영할 수 있었다.

앞으로 구리와 코발트 광산의 개발이 진행되면 이익은 지금보다 몇 배가 될 것이다.

더구나 시설확장이 진행되고 있는 마타디항구에서 나오는 이익도 점차 증대되고 있었다.

"정말이지 아무나 할 수 없는 일을 하고 계시는 것입니다. 자신의 이익을 회장님처럼 쉽게 나누지를 않으니까요."

"아닙니다. 저도 가져가는 것이 있으니까, 나눌 수 있는 것입니다. 그리고 너무 무리는 하지 마십시오. 열심히 치료하시는 것도 좋지만 신 박사님이 앓아누우시면 큰일입니다."

신장곤 박사는 환자들에게 애틋했고 시간을 가리지 않았다.

사택으로 퇴근한 후에도 급한 환자가 오면 제일 먼저 달려왔다. 이러한 솔선수범하는 모습에 함께 근무하는 의사들과 간호사들에게 존경을 받았다.

현지인들에게도 한국의 슈바이처라는 찬사와 존경을 얻고 있었다.

"하하하! 걱정하지 마십시오. 저도 이곳에서 오랫동안 의료 활동을 하고 싶으니까요."

"하하하! 꼭 그러셔야 합니다. 안 그러면 제가 사모님을 뵐 면목이 없으니까요."

"예, 꼭 그러겠습니다. 자, 입원실을 둘러보시지요."

신장곤 박사는 신이 난 표정으로 입원실로 나를 안내했다. 그가 한국에서 생각했던 것보다도 닉스병원 몇 배는 월등히 훌륭하게 세워졌기 때문이다.

병원을 살펴본 다음 곧장 학교에 들러서 한국에서 가져온 축구공과 농구공 등 스포츠용품을 학생들에게 나누어주었다.

학생들은 이미 닉스에서 기증한 운동화를 신고서 학교에 다녔다.

학교 옆으로는 축구장이 만들어져 카로의 주민들이 축구 경기를 할 수 있다.

매주 새롭게 만들어진 축구팀과 다른 지역에서 온 축구팀의 경기가 열렸다.

새로운 시설들이 설치된 곳을 모두 돌아본 후에 나는 카로의 지도자인 미나쿠를 찾았다.

"다음 달에나 오실 줄 알았습니다."

"모부투 대통령이 절 찾았습니다. 정부군이 자이르해방전선에 패배하자 많이 흔들리는 모습이었습니다."

"그렇군요, 로랑 카빌라가 저에게 연락을 취해왔습니다. 함께 모부투 정권에 대항하여 공동전선을 펼치자는 이야기였습니다."

정부군과의 서전을 승리로 이끌자 로랑 카빌라는 자체적인 세력을 가지고 있는 인물들에게 연락을 취해 자이르행 방전선에 참여하기를 원했다.

"지금은 움직일 때가 아닙니다. 정부군이 패배했다고는 하지만 아직은 전력 차가 많이 납니다. 두 세력이 힘이 약해졌을 때가 기회입니다."

"예, 저도 그렇게 생각하고 있습니다. 반가운 소식은 로랑 카빌라가 아닌 저희와 함께하겠다는 부족장들이 늘어나고 있습니다."

카로의 놀라운 변화가 세력을 가지고 있는 부족장들의
마음을 움직였다.

사실 로랑 카빌라가 이끄는 자이르해방전선은 모부투 독
재정권의 타도와 부정부패를 척결한다는 대의명분을 내세
우며 십여 년간의 투쟁을 벌여왔지만, 주민들의 생활에 도
움이 되는 것이 없었다.

전투가 벌어지면 그 지역에 사는 주민들은 집과 전답을
포기한 채 피난을 갈 수밖에 없었다.

지금의 카로처럼 주민들의 생활에 필요한 식수와 병원
그리고 학교시설이 새롭게 들어서는 지역은 자이르공화국
내에서 찾기 힘들었다.

"세력이 늘어나는 것은 좋은 일입니다. 하지만 명령권이
단일화되지 않으면 오히려 없는 것만 못하게 됩니다. 철저
하게 미나쿠 추장님의 말에 따를 수 있도록 해야 합니다."

"예, 무슨 말씀인지 알겠습니다. 충성을 맹세하는 부족들
만 받아드리겠습니다"

"그리고 로랑 카빌라가 하이에나라는 용병조직을 끌어드
렸습니다. 그들이 정부군과의 전투에서 큰 공을 세운 것 같
습니다."

"카빌라가 위험한 일을 저지른 것입니다. 그놈들은 아무
렇지 않게 약탈하고 사람을 죽입니다. 여자들을 납치해서

는 강간하고 다른 지역에 팔아버리는 아주 악랄한 놈들입니다."

미나쿠는 하이에나 용병조직을 알고 있는 것 같았다. 아이러니한 것은 카로 지역에 머물렀던 용병단 덕분에 이 지역은 하이에나 조직에게 약탈을 당하지 않았었다.

"음, 생각보다 위험한 놈들이군요. 혹시나 이 지역까지 진출할 수 있으니 충분한 대비를 하시길 바랍니다. 마타디 항구에서 출발한 무기들이 내일이면 도착할 것입니다. 그 무기들로 훈련된 병사들을 무장시키십시오."

"예, 알겠습니다. 매번 이렇게 큰 도움을 주셔서 정말 감사드립니다."

"저도 제 이익을 위해서 일하는 것입니다. 나중에 정권을 잡으셔도 절 잊지 않으셔야 합니다."

"하하하! 물론입니다. 전 강 회장님의 마음속에 있는 진심을 보았습니다. 카로가 이렇게나 변화할 수 있었던 것은 모두가 회장님 덕분입니다. 신장곤 박사님이 자이르공화국을 사랑하듯이 회장님도 자이르를 사랑하고 있다는 것을 저는 알고 있습니다."

"그렇게 생각해주시니 감사할 뿐입니다."

사실 미나쿠의 말은 반은 맞고 반은 틀렸다. 나는 전적으로 자이르공화국을 위해 일하지는 않는다.

내가 취하려고 하는 이익 중에 일부를 돌려주려는 마음이 있을 뿐이었다.

이것은 사업을 진행하는 러시아나 베네수엘라 그리고 북한에서도 마찬가지였다.

과도한 욕심은 화를 부르고 항상 마지막이 좋지 않다는 것을 나는 이전의 삶에서 충분히 배우고 느꼈었다.

Chapter 11

　다음날부터 카로의 방어를 위해서 마타디항구에서 보내
진 무기들이 배치되기 시작했다.

　내전 발생으로 인해서 강도단들이 더욱 활개를 치고 있
었다. 더구나 하이에나 용병조직은 내전참여와 별개로 마
을을 돌아다니며 약탈과 여자들을 납치하고 있었다.

　카로가 부유해지고 있다는 소식은 자이르공화국 전역으
로 퍼지고 있었다.

　금광과 다이아몬드 광산개발이 본격화되자 일거리를 찾
는 노동자들이 몰려들었다.

마을에서 도시로 변화하는 시점이었고 생활하는데 필요한 잡화점과 식료품점이 닉스코어의 주도로 세워졌다.

한국에서 공급되는 물품들이 최우선으로 공급되었고 현지에서 구매한 식량들도 판매했다.

"수송 헬리콥터 7대와 Mi-24 하인드 2대가 무사히 도착했습니다."

가장 강력한 무기가 도착한 것이다. 현재 2대의 하인드와 6대의 수송 헬리콥터를 운용 중이었다.

정부군은 물론 자이르해방전선도 갖추지 못한 강력한 무기였다.

더욱이 러시아에서 보내지는 위성사진을 통해서 자이르공화국 정부군과 반군의 움직임을 파악하고 있었다.

또한 자이르정부군과 자이르해방전선에도 코사크의 정보팀에서 첩자를 심어놓고 있었다.

"이젠 부족한 병력은 강력한 무기들로 커버할 수 있겠군."

"반군들의 무기들은 대부분 소총과 중화기들뿐입니다. 전해오는 소식에는 벌써 탄약이 부족하다고 합니다. 르완다 정부가 지원을 해주지만 한계가 있는 것 같습니다."

자이르해방전선을 지원하는 곳은 르완다였다. 르완다 내전 이후 자이르공화국 동부에 들어온 후투족은 르완다해방전선을 결성하여 무장 세력을 만들었다.

르완다 내전은 벨기에 식민지배 시설 다수의 후투족을 통치하기 위해서 소수의 투치족에게 많은 권력과 힘을 실어준 결과였다. 이로 인해 두 부족 사이에 커다란 갈등과 증오로 시작된 내전이다.

르완다해방전선은 자이르공화국 동부에 사는 투치족들을 살해하는 한편 투치족이 정권을 잡은 르완다 정부를 공격했다.

르완다와 갈등이 시작된 이유는 이 후투족 무장세력을 자이르공화국의 대통령인 모부투가 지원을 해주었다. 모부투는 자신의 독재정치에 반항해 왔던 투치족과 이를 지원하는 르완다 정부가 눈에 거슬렸다.

이런 모부투의 지원을 차단하기 위해 르완다의 투치족 정부는 자이르공화국 동부의 투치족 반군을 지원하기 시작한 것이다.

그 대상이 혁명보다는 돈과 여자에 관심이 더 많은 로랑 카빌라였다.

"먹고살기도 힘든 나라들이 정권을 유지하기 위해서 싸우는 싸움이니까. 그 돈으로 탄약이 아닌 식량을 구매하거나 경제발전에 힘을 써야 하는데. 모두가 종족 간의 갈등을 유발하게 한 서구의 식민지 지배세력이 원인이기는 하지만 말이야."

기본적인 원인 제공은 식민지 지배세력이었지만 또 하나의 원인은 독재였다.

대한민국 또한 친일청산이 이루어지지 못했고 군부독재가 지속된 나라였다.

그때였다.

현지 코사크 정보팀을 이끌고 있는 쿠즈민이 들어왔다.

"2개 중대 정도 되는 규모의 병력이 카로에서 40km 떨어진 지역으로 접근하고 있습니다."

"정부군인가?"

"자이르 정부군은 아닙니다. 다양한 군복을 입은 것으로 보아서 강도단이나 탈주병들로 보입니다."

"무장 정도는 어떻게 됩니까?"

현지 코사크 전투단을 이끄는 예브게니가 물었다.

"다들 소총들로만 무장했을 뿐, 다른 특별한 점은 없었습니다."

예브게니와 쿠즈민은 직급이 같았다.

"이참에 보안군의 실전 능력을 파악해 보는 것이 좋겠군. 코사크가 후방을 지원해 주고 카로의 보안군이 적을 격퇴할 수 있게 준비해."

훈련을 마친 보안군들의 실전에서의 실력을 파악해 보아

야만 했다.

"예, 알겠습니다."

자신감 있게 대답한 예브게니가 밖으로 나갔다. 러시아에 D-30 122mm 견인포와 82mm 2B9 Vasilek 박격포가 추가로 도착한 상태였다.

기존에 사용하던 박격포와 함께 포병 전력을 더욱 강화한 것이다.

러시아는 전통적으로 포병이 강했고, 코사크 대원들도 야포를 잘 다루었다.

정부군이나 반군과 달리 탄약 또한 충분히 구축한 상태였다.

3개월간의 군사훈련이 실전에서 빛을 발할 상황이었다.

5백 명에 달하는 카로의 보안군을 태운 트럭이 북쪽으로 향했다. 그 뒤로는 코사크의 전투병력을 태운 차량이 견인포를 끌고서 뒤따랐다.

카로에 접근하는 무장세력은 차량이 없었다.

"카로에 새롭게 다이아몬드와 금광이 발견되었다는 것은 확실한 거지?"

"우리가 왜 힘들게 이탈을 해서 카로로 향하겠어? 무톰보 중위가 하자는 대로만 하면 우린 돈방석에 올라앉는 거야."

낮은 바위 주변에 삼삼오오 모여 앉아 휴식을 취하고 있는 인물들은 르완다해방군에서 이탈한 후투족 반군들이었다.

르완다 정부군과의 오랜 전투에서 지친 반군들은 자이르공화국에서의 지원이 끊기자 이탈자가 많아지고 있었다.

이들은 르완다해방전선에서 이탈하자마자 강도단으로 바뀌었고 이곳까지 오면서 여러 마을을 약탈하고 방화했다.

자이르 정부군은 로랑 카빌라가 이끄는 자이르해방전선과의 싸움에 집중하고 있는 상황에서 강도단과 무장집단을 내버려두고 있었다.

"야들야들한 카로의 여자들도 맛볼 수 있겠지."

"크크크! 그걸 말이라고 하는 거야. 카로에는 미인들이 많다고. 들리는 말로는 카로에 은행까지 생겼다는군."

"그러면 현금까지 챙길 수가 있겠네?"

"당연한 걸 물어. 이번에 돈을 벌면 잠비아로 넘어가서 그곳에서 원 없이 실컷 즐기며 살 거야. 이젠 전투는 지긋지긋해."

다른 아프리카가 국가와 달리 잠비아는 여느 아프리카 국가와 달리 내전을 겪은 적이 한 번도 없었다.

1964년 영국으로부터의 독립을 할 때도 피 흘림 없이 평화적으로 이루어냈다.

"난 남아프리카공화국으로 갈 거야. 해변에서 아름다운 아가씨들과 즐기면서 럼주를 마셔야지"

"한데 카로에는 정부군이 없는 거야?"

"있어 봤자, 고작 몇십 명뿐이겠지. 다들 북쪽으로 달려갔으니까."

"금광과 다이아몬드 광산이 있으면 용병들도 있을 텐데."

"용병이라고 해봤자 제대로 된 전투를 해본 적도 없는 놈들이겠지. 이 에두아르도 님이 총을 쏘자마자……."

순간 에두아르도는 말을 잇지 못했다.

후이잉!

휘파람 소리보다 더 센소리가 허공에서 들려오는 순간 검은 점으로 보이던 물체가 순식간에 다가오는 것이 보였다.

쾅! 콰쾅!

에두아르도 뒤쪽으로 폭발음이 연속해서 들려왔다.

"피해라!"

누군가의 외침이 들리기도 전에 삼삼오오 모여 있던 무장집단은 사방으로 흩어졌다.

하지만 훤히 드러나 보이는 벌판에서 피할 곳은 없었다.

어렵게 폭탄이 떨어지는 곳을 벗어나자마자 앞쪽에 총알이 빗발치듯이 날아왔다.

마른하늘에 날벼락이 아닐 수가 없었다.

지금까지 어떤 전투에서도 겪어보지 못한 화력이었다.

그 순간 하늘에서 헬리콥터 소리까지 들려오자 도망가던 인물들은 모두 그 자리에서 총을 버리고 두 손을 높이 들었다.

예상했던 반격은 전혀 없었다.

이들은 지금껏 여러 번 전투를 경험했지만 대부분 소총과 기관총을 이용한 보병 간의 전투였다.

지금 받은 공격은 르완다해방전선에서 이탈한 반군들은 경험해 보지 못한 것이었다.

기껏해야 몇 발의 박격포탄이나 기관총 공격이었을 뿐이었다.

바짝 긴장했던 카로의 보안군도 적이 너무 쉽게 제압당하자 어리둥절한 표정이었다.

"전투를 경험하기도 전에 끝이 났습니다."

김만철이 연기가 피어오르는 벌판을 보며 말했다.

"생각했던 것보다 오합지졸이었네요. 전투경험이 풍부하다고 여겨서 조금은 위험하다고 생각했는데 말입니다."

한동안 이들의 움직임을 지켜보았다. 불필요한 희생이

생기지 않기 위해서였다. 하지만 이들의 목적이 카로라는 것을 확인한 후에 공격을 가한 것이다.

카로는 내전의 위기 속에서도 안전해야만 했다.

그때 한 인물을 코사크 대원이 내게로 데려왔다.

"이탈한 반군을 이끌던 인물입니다. 이름은 무툼보입니다."

무툼보 중위는 겁에 질려 있었다. 자신이 생각했던 것은 이런 것이 아니었다.

카로에 도착하면 총알 몇 방이면 금과 다이아몬드를 얻을 수 있다고 여겼다.

이곳으로 오는 도중 대부분 그렇게 약탈을 했었다.

"카로를 약탈하러 온 것인가?"

나는 불어로 물었다.

"아닙니다. 우린 그냥 지나가려고 한 것입니다."

"그냥 지나치려고 했다? 그런데 이렇게 무장을 하고 왔나?"

"그건 우리 몸을 지키기 위해서 무장한 것입니다."

자이르공화국에서 총을 구한다는 것은 절대 쉬운 일이 아니었다. 더구나 수백 명이 무장했다는 것은 특별한 목적이 있기 때문이다.

"다시 한 번 묻지. 이번에도 거짓말을 하면 이곳에서 들는 마지막 말이 될 것이다. 너 말고도 물어볼 인물들은 많으니까 말이야. 카로에 온 목적이 뭐지?"

내 말에 뒤쪽을 잠시 돌아본 무톰보는 체념한 듯 입을 열었다.

포로로 잡힌 무톰보의 부하들이 뒤쪽에 손을 결박당한 채로 앉아 있었다.

"카로에 가면 큰돈을 만질 수 있다는 소문을 들었습니다. 그래서……."

무톰보는 자신이 들었던 소문을 이야기했다.

무톰보의 말을 빌리면 한마디로 카로에는 황금과 다이아몬드가 넘쳐난다는 이야기였다. 누군가 일부러 과장된 소문을 퍼뜨린다는 느낌이 들었다.

코사크나 카로의 보안군은 달아난 반군들을 쫓지 않았고 포로도 잡을 생각도 없었다.

달아난 반군은 자신들을 공격한 것은 자이르 정부군으로 생각했을 것이다.

전투에 참가한 카로의 보안군 중 다친 사람은 단 한 명뿐이었다. 전투에서의 부상이 아니라 차량에서 내리다가 발을 접질린 부상이었다.

부상한 반군들은 모두 카로의 닉스병원으로 수송했다.

"누군가가 카로를 목표로 해서 소문을 내는 것 같습니다."

포로를 심문하고 돌아온 쿠즈민의 말이었다. 포로들도 모두 카로에 가면 큰돈을 벌 수 있다는 소문을 들었다고 했다.

이들뿐만 아니라 다른 무장세력들도 카로를 목표로 한다는 이야기를 전했다.

"로랑 카빌리가 소문을 퍼뜨리는 걸까?"

"그런 것은 아닌 것 같습니다. 그는 카로에 대한 정확한 실정을 알지 못할 것입니다."

"음, 그렇다면 이곳의 사정을 알고 있는 자의 소행이라는 것인데……."

바로 떠오르는 인물이 없었다.

"혹시 이곳에 머물던 용병단 놈들의 소행이 아닐까요?"

듣고 있던 티토브 정의 말이었다.

"놈들은 대부분 사살되지 않았었나?"

카로를 착취했던 용병단은 2번의 전투를 통해서 살아남은 세력이 없을 정도로 철저하게 패배했다.

"모두는 아닐 수 있습니다. 그중에 몇 명은 빠져나갈 수도 있습니다. 놈들이라면 악의적인 소문을 퍼뜨릴 수 있습니다."

"음, 그럴 수도 있겠군요."

카로는 아직은 드러나지 말아야 했다. 자이르 정부군과 자이르해방전선의 힘이 빠질 때까지는 말이다.

하지만 지금 누군가가 계속해서 카로를 위험해 빠뜨릴 수 있는 소문을 내고 있었다.

"그렇다면 소문은 소문으로 다스려야지. 포로들을 모두 풀어주면서 카로에 대규모의 정부군이 주둔하고 있다고 말하도록 해. 그러면 오늘처럼 군소조직의 무장세력은 카로를 넘볼 수가 없을 테니까."

소규모의 조직들이 카로를 노리고 온다면 격퇴하는 것이 문젯거리가 되는 것이 아니었다.

전투를 통해서 숨겨야 할 카로의 세력이 드러날 수 있었고, 또 하나는 사로잡은 포로들의 처리도 문제였다.

다행스러운 것은 사로잡힌 포로들은 카로의 보안군을 정부군으로 알고 있었다.

자이르공화국에 있는 반군세력과 무장단체들은 포병과 헬리콥터를 동원하여 전투를 벌이지 않기 때문이다.

"예, 그렇게 하겠습니다."

카로는 내전에 소용돌이에서 벗어나 안정되게 발전해야만 했다.

그래야 자이르공화국 중부지역에 잠자고 있는 자원들을

문제없이 개발할 수 있었다.

*　　　*　　　*

　자이르공화국과 브룬드의 접경지대에 있는 부카부의 한 창고에 범상치 않은 인물들 수십 명이 모여 있었다.

　무장한 이들은 브룬드의 군인들과 달리 피부가 검지 않았다.

　몇 명의 흑인들이 섞여 있었지만, 아프리카 흑인과는 달라 보였다.

　"우리의 도착지는 카로이고, 목표물은 표도르 강이라고 불리는 러시아 놈이다."

　"팀장, 러시아 놈 하나 잡자고 이런 촌 동네에 다 모인 것입니까?"

　짧은 셔츠 사이로 가슴 근육이 튀어나올 것 같은 한 남자 물었다.

　그의 양팔에는 해골 문신이 그려져 있었다.

　"그놈은 보통 놈이 아니다. 놈은 러시아에서 차르라 불릴 정도로 막강한 권력을 쥐고 있다. 더구나 놈이 거느리고 있는 코사크가 우리의 영역을 조금씩 파고들고 있다는 게 문제지."

"외로운 늑대들의 영역을 침범하는 놈은 그냥 둘 수가 없지요. 하지만 3개 팀이 모일 정도로 놈의 힘이 강하다는 것입니까?"

이들은 유럽과 북아프리카에서 활동하는 외로운 늑대라는 용병조직이었지만 돈이 되면 어느 분쟁지역도 가리지 않았다.

이들은 미국의 CIA와 함께 남미의 온두라스와 니카라과에서도 활약하여 좌익정부를 무너뜨리기까지 했다.

그때였다.

창고에 달린 문 쪽에서 한물이 들어서면서 말했다.

"주인에게 사랑받는 고양이는 쥐새끼 한 마리를 잡아도 최선을 다하는 법이지. 한데 놈은 쥐새끼 중에서도 아주 악랄하고 교활한 쥐새끼들의 왕이 된 놈이야."

그는 러시아에서 사라졌던 안동식이었다.

"소개하겠다. 우리에게 일을 의뢰한 고객이 보낸 분이다. 북한 특수부대 출신이며……."

"크크크! 북한은 특수부대를 아무나 보내주는 곳인가 보군."

"크하하하! 그곳에서 총대신 펜대나 잡았겠지."

"풋하하하!"

앞자리에 앉은 두 명이 안동식을 보며 놀리듯이 말하자

순식간에 창고에 있던 인물들의 입에서 웃음소리가 크게 터져 나왔다.

"나오라우."

안동식은 처음 자신을 놀린 2명의 인물을 향해 손짓했다.

그 모습을 보고 있는 이들의 팀장은 가만히 뒷짐을 짓고 있었다.

"우릴 둘 다 상대하시겠다? 으하하하! 영화를 너무 많이 봤어."

웃음을 토해내는 근육질의 인물은 얼굴 여기저기에 상처가 나 있었다.

그는 미 육군의 특수부대인 델타포스 출신이었다.

"낄낄낄! 나오라면 나와야지."

또 다른 인물은 날카로운 인상의 남미인이었다. 그 또한 칠레의 특수부대를 거쳐 프랑스 외인부대에서 활약했었다.

"죽이지는 않을 테니 용 한번 써봐."

안동식은 두 사람을 향해 싸늘한 말을 던졌다.

느릿느릿 걸어 나오는 두 사람의 입가에는 미소를 짓고 있었지만, 그들의 날카롭게 안동식의 움직임을 살폈다.

둘 다 평범한 인생을 살아가지 못하는 인물들로 전투에

서 벌어지는 합법적인 살인을 즐기는 인간들이었다.

코를 실룩거리는 칠레인은 슬그머니 왼쪽으로 돌면서 안동식의 뒤편에 섰다.

"어디서 굴러먹었는지는 모르지만, 우리를 너무 얕봤어."

고개를 좌우로 돌리면서 말하는 금발의 미국인의 입가 옆으로 깊게 패인 상처가 위로 올라갔다.

마치 그게 신호인 것처럼 칠레인이 그대로 몸을 튕기듯이 날렸다.

빠른 동작이었고, 안동식의 허리를 낚아채려는 듯한 움직임이었다. 그에 질세라 미국인은 앞쪽으로 다가오며 안동철의 얼굴을 향해 그대로 주먹을 날렸다.

바람을 가르는 소리가 날처럼 위력적인 주먹이었다. 그도 그럴 것이 그는 권투가 특기였다.

싸움을 지켜보는 용병들 모두가 곧 있으면 바닥에 나뒹굴게 될 안동식을 처량하게 바라보았다.

안동식의 눈동자가 좌우로 구르는 순간, 그의 몸이 달려드는 칠레인 쪽으로 빠르게 회전하면서 팔꿈치가 아래로 기이하게 그려지며 칠레인의 관자놀이를 정확하게 가격했다.

순간의 빠름이 피하려는 움직임도 가질 수가 없었다.

팍!

박이 제대로 깨지는 듯한 소리가 들리자마자 칠레인은 그대로 바닥에 꼬꾸라졌다.

털버덕!

안동식은 움직임을 멈추지 않고 그대로 회전하며 발차기를 날렸다.

뻗어오던 미국인의 주먹은 빈 허공을 쳤다.

픽!

대신 안동식의 강력한 발차기가 미국인의 얼굴로 향했지만, 가드에 막혔다.

"그래 한 번에 가면 안 되지."

그러나 회전은 거기서 멈추지 않았고 연속된 돌려차기가 얼굴을 가드 하는 왼쪽으로 날아들었다.

픽! 픽! 픽!

안동식의 움직이는 동작의 빠르기가 미국인이 생각했던 것 그 이상이었고, 발차기에 실린 힘도 대단했다.

문제는 안동식의 움직임이 지금껏 미국인이 경험했던 동작이 아니었다. 공격을 시도하기 위한 타이밍을 도저히 맞출 수가 없었다.

"악! 스톱! 스톱!"

결국 세 번의 발차기에 막고 있던 가드가 풀어지면서 고통스러운 외침이 들려왔다.

미국인은 왼손을 감싸며 바닥에 주저앉았다.

"주목! 다시 브리핑을 시작하겠다. 카로에 있는 병력은 대략 천여 명 정도로 파악되고 있지만, 그 이상이 될 수도 있다. 그래서 이곳에서 활동하는 하이에나 용병조직과 함께……."

외로운 늑대를 이끄는 팀장은 지금 아무 일도 벌어지지 않은 것처럼 브리핑을 이어갔다.

정신을 잃은 채 바닥에 쓰러진 칠레인은 동료들이 끌어다가 빈자리에 눕혔다.

미국인 또한 고통스러운 표정을 지으며 자리에 앉았다. 싸움 이후 그 누구도 안동식을 향해 웃음을 보이지 않았다.

안동식 또한 아무렇지 않은 듯 팔짱을 낀 채 브리핑을 경청하기 시작했다.

Chapter 12

전기가 들어왔지만 불을 밝히는 전등은 아직 많지 않았다. 카로의 밤하늘은 늘 무수한 별의 향연이었다.

헤아릴 수 없는 별들이 뿜어내는 아름다운 별빛이 하늘을 수놓았다.

"다른 곳보다 이곳에서 보는 별이 더 아름다운 것 같습니다."

한국에서 가져온 소주를 나누며 김만철과 티토브 정과 술자리를 함께했다.

"정말 술안주가 따로 없습니다. 공기가 깨끗한 것도 그렇지만 이곳이 유난히 별이 많은 것 같습니다."

김만철이 내 말에 수긍하며 술잔을 비웠다. 늘 우리 세 사람이 붙어 다닌 지도 벌써 햇수로 3년이 넘어서고 있었다.

"왠지 모르겠지만, 외국에 나오면 유독 소주가 맛이 있는지 모르겠습니다."

티토브 정이 소주잔을 들며 말했다.

"하하하! 정 차장님도 한국 사람이 다 되었네요. 고향을 생각나게 만들어서인지 모르겠습니다. 저도 한국에 있을 때보다 더욱 맛이 있으니까요."

"그렇게 말입니다. 한국에서는 쉽게 마실 수 있어서 그런지 그냥 소주 맛이구나 했는데, 지금은 정말 이렇게 맛이 나는지 모르겠습니다. 크!"

김만철은 연거푸 두 잔을 마시면서 소주 맛을 음미했다.

"그러면 앞으로 한국에 있지 말고 여기서 살아갈까요?"

"무슨 소리입니까?"

김만철은 의혹의 눈초리로 날 바라보며 물었다.

"김 부장님이 좋아하시는 것 같아서요. 이곳에 발령을 내드리면 늘 이렇게 매일 맛있게 소주를 즐기실 수도 있고."

"예, 원하시는 대로 하십시오. 힘없는 부하 직원이 지엄하신 회장님의 뜻에 따라야지요."

큰 소리를 내며 반발할 것으로 생각했는데 뜻밖에 김만
철은 담담하게 말했다.

'오! 내가 진짜 보내지 않을 줄 아는가 보네.'

"그럼, 허락하신 거로 알고서 인사부에 이야기하겠습니
다. 김 부장님이 이곳에 계시면 제 마음이 든든해질 것입니
다."

"하하하! 아니, 제가 여기 있으면 회장님은 누가 지켜드
립니까?"

"걱정하지 마십시오. 저도 있고 상하이에 있는 박용서 대
리를 불러들여도 되니까요."

티토브 정은 재빨리 상황 파악을 하고는 내가 치는 장난
에 장단을 맞춰주었다.

"정 차장님 말처럼 박 대리까지 제 옆에 있으면 문제가
없을 것 같습니다."

"어허! 두 사람은 저처럼 살신성인하듯이 회장님을 보필
하지 못합니다. 이곳에서의 술맛도 좋지만 저는 회장님의
안위가 최우선입니다."

비장한 표정으로 말하는 김만철의 모습이 정말 웃겼다.
항상 진지한 모습이 되면 김만철은 코를 실룩거렸다.

"하하하! 알겠습니다. 저도 김 부장님이 옆에 없으면 일
에 집중할 수 없으니까요. 자, 한잔하시죠."

비어 있는 소주잔에 술을 따라주며 말했다.

"저도 회장님이 눈앞에 보여야 안심이 되지, 떨어져 있으면 불안해서 일을 할 수가 없습니다. 이거 심각한 직업병입니다."

"하하하! 벌써 직업병이 생기시면 어떡하십니까?"

"하하! 그렇게 말입니다."

"하하하! 형님이 너무 회장님을 너무 사랑하시는 것 아닙니까? 전생에 부부라도 되신 것 아닌지 모르겠습니다."

김만철의 말에 티토브 정도 밝게 웃으며 말했다.

"아마 그걸 것 같기도 해. 처음 본 사람을 위해 목숨을 거는 것은 힘들 일이잖아. 그걸 우리 회장님이 하셨으니 말이야. 절 처음 봤을 때 애틋한 감정이 있으셨습니까?"

"애틋함이 아니라 정말 불쌍해 보였습니다. 거지도 그런 상거지가 아니었으니까요."

"하하하! 그랬지요. 제가 생각해도 거지 차림이었으니까요. 정말이지 그때를 생각하면 아찔합니다. 회장님의 도움이 없었으면 제가 이 자리에 없었으니까요. 그리고 제 아내와 딸도 무사하지 못했을 것입니다. 아마도 이 빚은 평생을 살아도 다 갚지 못할 것 같습니다."

"무슨 빚이 있습니까? 형제에게는 빚이 없습니다. 피를 나누지는 않았지만 여기 있는 김 부장님과 정 과장님은 평생 의지하고 함께할 형제입니다."

"그렇게 말해주시니 고맙습니다. 자! 거국적으로 한잔하시죠."

두 사람이 옆에 있지 않았다면 위험이 따르는 사업들을 시도조차 하지 못했을 것이다.

직접 몸으로 부닥치고 어려움을 해결하면서 만들어낸 것이 지금의 닉스홀딩스와 룩오일NY이다.

절대 책상에 앉아서는 할 수 없는 일들이었다.

난 항상 솔선수범했다. 백 가지 이론보다 한 가지 실천이 더욱 중요하다는 것을 깨달았기 때문이다.

아무리 좋은 말을 하더라도 하는 행동이 그에 반하면 설득력을 기대할 수가 없었다.

이곳 자이르공화국에서도 내가 했던 말들이 하나둘 이루어져 가고 있었다.

그렇기 때문에 카로의 지도자인 미나쿠와 주민들이 나를 믿고 따르는 것이다.

솔선수범이 없는 리더와 지도자는 마음으로부터 따라가지 못하게 되는 것이 인간이기 때문이다.

나는 그 믿음을 지금까지 잃어버리지 않았다. 그것이 나의 가장 큰 무기이자 성공비결이었다.

*　　　*　　　*

카로의 아침은 활기가 넘쳤다.

하루만 지나도 달라지는 것이 카로였다. 이전에는 볼 수 없었던 차량도 자주 카로에 볼 수 있게 되었다.

물건을 한가득 실은 트럭들이 끊이지 않고 수도인 킨샤사와 남부의 최대도시인 루붐바시를 오고 갔다.

2~3일이 걸리는 거리를 달려온 트럭들에는 생활용품뿐만 아니라 과일과 식량, 채소 등을 내려놓았고, 카로 지역에서 나오는 고무와 코코아, 커피를 실어 날랐다.

치안이 확보되고 물자가 풍부해지자 카로에는 고무와 코코아를 거래하는 큰 시장이 형성되어 가고 있었다.

자이르공화국은 인구의 60% 이상이 농업에 종사하고 있으며 GDP 구성에서도 농업이 56%로 가장 큰 비중을 차지하고 있다.

하지만 경작 재배면적은 국토의 10%에 불과했다.

카로로 접근하던 무장집단이 단숨에 제압당하고 대규모의 자이르정부군이 주둔하고 있다는 소문이 돌자 더욱 상인들과 물건을 사려는 사람들이 몰려들었다.

"이 시장은 사람들이 얼마나 안전에 목말랐는지를 말해주는 것입니다."

"자이르 정부에서도 해주지 못한 것을 회장님께서 해주셨습니다."

함께 시장을 둘러보는 김만철의 말이었다. 시장에는 물건을 사고팔려는 사람들로 북적거렸다.

기르던 소와 염소를 가지고 나온 사람들도 많았고, 기름을 얻을 수 있는 자이르공화국의 특산물인 유성(油性)야자(팜 오일)와 커피를 가지고 나왔다.

특히나 북동부 고마지역의 아라비카 커피는 미국과 유럽에서 스페셜티급으로 인정받고 있었다.

고마 생두는 니라공고화산 중턱에서 재배되고 있어서 토질과 재배고도, 핸드피킹(잘 익은 커피 체리만을 일일이 사람 손으로 수확하는 방법), 생두 크기, 결점두 비율 등에 있어 최상급 요소들을 두루 갖추고 있었다.

닉스커피와 연계하여 이 원두를 수입할 생각이다.

"우리가 할 수 있는 일은 여기까지입니다. 훌륭한 지도자가 이 나라에서 나온다면 자이르공화국도 지금보다 많이 달라질 것입니다."

"미나쿠가 자이르공화국을 잘 이끌어갈 수 있을까요?"

"지금과 같이 한결같은 마음을 가지고 있다면요. 항상 문제는 혁명이 성공한 다음에 사람의 마음이 바뀌는 데에 있습니다. 미나쿠는 열정이 있고 이 나라를 많이 사랑하는 사람입니다. 미나쿠 주변에 있는 인물들이 욕심을 부리지 않는다면 자이르는 변할 수 있을 것입니다."

"예, 맞는 말씀입니다. 정말이지 작게만 느껴졌던 이곳이 이렇게나 달라질 수 있다는 것이 놀라울 뿐입니다."

"카로는 자이르에서 교통의 중심지 역할을 할 수 있는 곳에 위치에 있습니다. 철도와 도로의 정비가 시작되면 더욱 발전할 수 있는 곳입니다. 미나쿠가 정권을 잡으면 곧바로 대규모 제련공장을 지을 것입니다. 금과 은은 물론이고 구리까지 제련할 공장이 마련되면 아마도 카로는 루붐바시와 어깨를 나란히 하는 대도시가 될 것입니다."

루붐바시는 행정과 공업의 중심지로서 금속공업을 비롯하여 제유, 제분, 섬유, 비누, 담배 등의 공업도 발달하여 자이르공화국에서는 수도인 킨샤사에 이은 제2의 대도시이다.

루붐바시는 아프리카 남부인 남아프리카공화국의 케이프타운과 모잠비크의 베이라까지 철도가 연결되어 있다.

베이라항구는 잠비아, 짐바브웨, 말라위 등 내륙국의 수출입항으로서 중요한 구실을 한다. 구리광산이 본격적으로 개발되면 마타디항과 베이라항을 이용하여 구리를 수출할 예정이다.

향후 루붐바시와 연결하는 철도까지 완공되면 부룬디의

특산품인 커피까지 실어 나를 계획까지 하고 있었다.

부룬디는 국토 대부분이 1,500m 이상의 고지대로 아프리카의 스위스로 불리며 커피 재배에 있어 최적의 조건을 갖추고 있었다.

"정말 회장님의 머릿속에는 무궁무진한 사업계획들이 들어 있는 것 같습니다. 저는 당장 눈앞에 보이는 것만 생각해도 머리가 아픈데 말입니다."

"하하하! 저도 머리가 아플 때가 많습니다. 우리만 잘 먹고 잘살자는 게 아니라서 머리가 더 아프지요. 이곳의 주민들도 행복한 삶을 누리게끔 해야 하니까요."

"그래서 제가 회장님을 존경하는 것입니다."

"하하하! 김 부장님께 계속 존경받으려면 앞으로도 계속 머리가 아파야겠습니다."

"하하하! 말이 그렇게 되나요."

시장을 돌아보고 있는 나와 김만철을 먼발치에서 유심히 살피는 인물들이 있었다.

시장에서 물건을 구매하려는 상인으로 변장한 인물들의 손에는 나무 열매를 담은 보따리가 하나씩 들려 있었다.

"저놈이군."

"생각보다 경비가 삼엄한데?"

"이동할 때 따라다니는 경호원만 삼십 명이야. 쉽지는 않겠어."

"언제 쉬운 일이 있었어? 우린 놈의 동선만 제대로 파악하면 돼. 나머지는 다른 팀이 알아서 하겠지."

"후후! 하긴. 우리가 타깃으로 삼은 이상, 저놈은 이젠 이 세상 사람이 아니지."

두 사람은 모두 외로운 늑대들에 속한 용병들이었다. 표도르 강을 처리하기 위한 준비를 위해 정찰병을 과감하게 카로로 보낸 것이다.

두 사람은 자연스럽게 주민들 사이에 섞여 강태수의 뒤를 계속해서 따라붙었다.

*   *   *

"놈이 있는 숙소에만 30명의 무장병력이 상주하고 있습니다. 더구나 거기서 얼마 떨어지지 않은 곳에 코사크의 주둔지가 있어 5분 안에 달려올 수 있습니다. 더구나 카로로 들어가는 주요 길목마다 보안군이 경비를 서고 있었다."

"카로의 보안군의 숫자는?"

"정확하게 파악을 하지 못했습니다. 저희가 접근하는 곳이 한정적이어서……. 대략 저희가 볼 때는 천여 명 정도로 보였습니다."

카로를 염탐하고 돌아온 두 명의 인물은 자신들이 본 정보를 외로운 늑대들의 팀장과 안동식에게 전달했다.

"우리가 입수한 정보와 보안군의 숫자는 일치하는 것 같습니다."

"음, 그러면 문제는 코사크라는 것인데… 코사크를 이동시킬 방법이 없겠습니까?"

안동식 외로운 늑대들을 이끄는 헨리에게 물었다. 헨리는 영국의 특수부대인 공수특전단(Special Air Service)에서 잔뼈가 굵은 인물이다.

그는 영국의 SAS에서 수많은 작전을 투입되었고 아프리카와 중동에서 활약했다.

제대 후 외로운 늑대들에 스카우트 되어서 중남부 아프리카의 지역 책임자로 활동하고 있었다.

"코사크가 투입할 수밖에 없는 전투가 벌어져야 하겠지요. 그러려면 하이에나 이외에도 다른 용병조직을 끌어들여야 할 것 같습니다. 하지만 그렇게 되면 계획했던 자금보다도 돈이 더 필요합니다."

"추가로 들어가는 돈이 얼마 정도면 될지 이야기해 주시면 고용주에게 전달하겠소."

"알겠습니다. 추가되는 비용을 산출해서 전달하겠습니다."

헨리가 숙소에서 나가자 안동식은 객실에 설치된 전화기를 들었다.

*　　　*　　　*

"하하하! 헨리, 오랜만이군."

한눈에 보아도 돌덩이처럼 단단한 체격의 남자가 외로운 늑대들을 이끄는 헨리를 향해 반갑게 손을 내밀었다.

"하하하! 하워드, 자네가 알제리에서 재미를 톡톡히 보았다는 소문을 들었네."

"소문은 늘 과장된 것이야. 자네가 날 부른 걸 보면 큰 건수를 잡은 것 같은데?"

"하하하! 작은 건수는 아니지. 그래서 일이 쉽게 풀릴 것 같지가 않아."

"외로운 늑대들이 어렵다고 하면 이거 보통 일이 아니겠는데. 어떤 일이냐?"

"표도르 강이라는 러시아의 고려인을 죽이는 일이지."

"어떤 놈이길래 외로운 늑대들이 나까지 끌어들이는 거야? 놈이 대통령이라도 되는 거냐?"

"코사크라고 들어봤나?"

"코사크라면 러시아의 경호업체로 알고 있는데. 러시아

에서 마피아도 두려워한다는 소리는 들었네."

하워드는 관심 있는 표정을 드러냈다.

"표도르 강이 러시아를 장악하다시피 한 코사크의 주인이라네."

"휙! 이거 보통 작업이 아니겠는데? 놈이 지금 이곳에 있다는 건가?"

하워드는 휘파람을 불며 말했다. 코사크에 대한 소문은 용병조직과 범죄조직들 사이에서 퍼져 나가고 있었다.

러시아 정부와 경찰도 두려워하지 않는 마피아가 코사크 앞에서는 똥 마려운 강아지처럼 설설 기어 다닌다는 이야기였다.

코사크와 충돌했던 러시아의 거대 마피아 조직들이 붕괴하였고, 조직이 흡수되었다는 소문도 들려왔다.

"정확히는 자이르공화국의 카로에 있다네."

"음, 보수가 얼마나 좋길래 이 건을 맡은 거지?"

하워드에 눈에도 일이 쉽지 않다는 것이 느껴졌다.

"이번 건을 잘 처리하면 이 바닥을 떠날 정도는 되지."

"하하하! 천하의 헨리가 은퇴를 하시겠다?"

"나도 이젠 쉬고 싶어서. 올해가 벌써 10년째야, 죽지 않고 여기까지 온 게 용하지."

"후후! 우린 피를 먹고 사는 존재들이야. 죽음이 늘 따라

다니는 전장이 우리에겐 안식처야. 명예로운 죽음은 침대에서 아늑하게 죽는 것이 아니라 전장에서 생을 마감하는 거야."

"하워드, 난 침대에서 편안하게 죽고 싶어. 이건 내 진심이야."

"음, 정말인 것 같군. 그렇다면 마지막 은퇴 작품을 멋지게 끝내도록 도와줘야지."

"고맙네. 자네가 함께 해주면 이번 일을 멋지게 끝낼 수 있을 거야."

"친구의 마지막 부탁이기도 하지만 나도 돈을 벌고 싶다고."

"하하하! 걱정하지 말게. 표도르 강을 죽이는 인물에게는 별도로 백만 달러를 지급할 거니까."

"오! 특별 보너스가 상당히 세군."

하워드는 헨리의 말에 두 손을 머리 위로 올리며 탄성을 질렀다.

"인원 당 5만 달러가 지급될 것이네. 작전에 들어가기 전 2만5천 달러가 지급되고, 작전이 끝나면 나머지 절반을 주겠네. 그리고 자넨 특별히 12만 달러가 주어질 거야."

"좋아! 그 정도의 보수면 우리 애들도 좋아하겠어. 한데 누가 의뢰한 것인가?"

"그건 나도 몰라. 나도 의뢰인이 누구인지, 어떤 목적 때문에 표도르 강을 제거하려는지 알고 있는 것이 없네."

"하긴, 우리야 돈만 벌면 되니까. 표도르 강은 내가 잡아서 은퇴해야겠어. 하하하!"

"하하하! 꼭 그러길 바라네."

두 사람의 커다란 웃음소리로 인해 창문에 잠시 앉아 있던 새가 놀라며 하늘로 날아올랐다.

*　　　*　　　*

카로의 보안군에 대한 훈련은 아침부터 시작되었다.

체력훈련과 제식훈련은 물론이고 사격과 격투술훈련까지 강도 높게 이루어졌다.

정식 보안군이 되면 월급이 지급되기 때문에 고된 훈련에도 탈락자들은 쉽게 나오지 않았다.

월급이 나오는 직장을 얻는다는 것은 자이르공화국에서는 쉬운 일이 아니었다.

이렇다 할 산업이 없는 자이르에서 한정된 일자리들은 대부분 정부관계자와 친분이 있거나 고등교육을 받은 인물들에게 돌아갔다.

더구나 자이르공화국에서 고등학교를 졸업하고 대학을

나온다는 것은 특정계층에 한해서였다.

그러다 보니 대다수가 농업이나 광산업에 치중할 수밖에 없었다.

자원의 부국인 자이르공화국에서 모부투 대통령이 50억 달러의 검은돈을 챙기는 동안 자이르는 1인당 GDP가 220달러밖에 안 되는 최빈국 중에 하나로 전락했다.

현재 카로의 보안군은 한 달에 40달러의 급료가 지급되고 있었다.

이는 자이르 정부군보다도 높은 급료였다. 더구나 충분한 훈련을 할 수 있는 탄약과 음식을 제공했기 때문에 보안군에 들어오려는 사람들이 계속 늘어났다.

하지만 엄격한 심사와 체력 검증을 통과해야만 훈련병의 자격이 주어졌다.

"정식 보안군이 되기 위한 열정들이 대단합니다."

훈련을 책임지고 있는 벨로프의 말이었다. 벨로프 말고도 보안군의 훈련에는 24명의 코사크 대원들이 투입되었다.

"이들을 통해서 자이르가 새롭게 일어나야만 한다. 이들의 실력은 어떠한가?"

"자이르 정부군보다도 월등한 실력을 갖추었습니다. 3개월간의 강도 훈련은 러시아군도 견디기 힘든 수준입니다.

실전을 몇 번 겪으면 강군으로 거듭날 것입니다."

"조만간 그 실력을 볼 수 있겠군. 부족함이 없도록 확실한 지원을 해주게."

코사크에서 보급과 지원을 담당하는 보시소프에게 말했다.

"예, 알겠습니다. 그렇지 않아도 이번 훈련이 끝난 후에 파티를 열어줄 생각입니다."

"좋은 생각이야. 사기를 끌어내는 방법에는 돈을 아끼지 말라고."

그때였다.

훈련장을 다급하게 가로질러 오는 쿠즈민이 보였다. 자이르공화국 내의 정보를 파악하는 임무가 그의 일이었다.

자이르 내 정보팀은 새롭게 여덟 명의 인원이 추가되어 정보수집을 강화했다.

"긴히 보고드릴 일이 있습니다."

쿠즈민의 말투와 표정으로 보아 보통 일이 아니라는 것이 느껴졌다.

우리는 자리를 옮겼다.

"사진에서 보시는 거처럼 로랑 카빌라의 숙소에서 나오는 인물은 외로운 늑대들이라는 용병집단의 아프리카 책임자

중의 하나인 헨리라는 인물입니다. 외로운 늑대들은……."

쿠즈민은 외로운 늑대들에 대한 정보를 이야기했다. 외로운 늑대들은 분쟁지역이나 전쟁터에서 주가를 올리고 있는 유명 용병조직 중의 하나였다.

"음, 로랑 카빌라가 외로운 늑대들을 새롭게 고용했다는 것인가?"

"아직 확실하지는 않습니다. 한데 로랑 카빌라는 용병조직을 새롭게 고용할 자금이 없는 거로 파악하고 있습니다."

"그렇다면 저자가 왜 나타난 것이지?"

"다른 곳에서 고용했을 가능성이 큰 것으로 보입니다. 이자의 동선을 추적한 결과 다음 사진 속의 인물과 자주 만나는 것을 확인했습니다."

쿠즈민이 다음으로 보여준 사진에는 낯설지 않은 인물이 눈에 들어왔다.

그는 다름 아닌 악연으로 이어진 안동식이었다.

"허허! 살아 있었군."

내 뒤에 앉은 김만철이 목소리가 들렸다.

"아는 사람입니까?"

쿠즈민이 김만철을 보며 물었다.

"우리 회장님과 나를 돈독한 끈으로 묶어준 놈이지. 놈이 이곳까지 왔다는 것은 나 때문이 아닐 거야. 아마도……."

"나를 노리고 온 것 같은데. 누군가의 사주를 받았는지는 모르겠지만."

순간 머릿속에 든 느낌이었다.

김만철에 대한 복수가 아무리 강하다고 해도 이곳 자이르공화국까지 날아와서 복수한다는 것이 이치에 맞지 않았다.

더구나 그럴만한 자금과 정보가 안동식에게는 없었다.

북한과 코사크가 안동식을 추적했었다. 하지만 러시아에서 안동식은 감쪽같이 사라져 버렸다.

"이자가 정말 회장님을 노리고 왔다면 이곳이 가장 적당할 수도 있겠습니다. 러시아나 한국에서는 실패할 확률이 높으니까요."

쿠즈민의 말이 맞았다.

한국과 러시아는 안동식이 입국하거나 나에게 접근하기조차 힘들었다.

더구나 용병조직을 끌어들일 수도 없었다.

"회장님을 노리는 인물이나 집단이 있다는 것인데, 혹시 불만을 품은 마피아 놈들이 움직이는 것이 아닐까요?"

김만철의 말이었다.

"음… 물론 그럴 수도 있겠지만, 현실적으로 가능성이 크지 않습니다. 나에게 총을 겨눌 수 있는 마피아 조직은 말르노프 조직뿐입니다. 하지만 그곳을 이끄는 샤샤의 움직임은 제가 모두 파악하고 있습니다."

"그렇다면 누가 큰돈을 들여가면서 회장을 노릴까요?"

외로운 늑대들을 고용하기 위해서는 적어도 천만 달러 이상의 돈을 써야만 했다.

쿠즈민의 보고에 따르면 아프리카 지역에서 활동하는 외로운 늑대들의 인원들 대부분이 소집되고 있다는 정보였다.

이를 바탕으로 생각하면 상당한 인원이 동원되고 있다는 방증이었다.

"내가 없어지면 이익을 볼 수 있는 곳이 되겠죠. 누군지는 모르겠지만 말입니다."

머릿속에서 제일 먼저 떠오른 곳은 미국의 CIA였지만 CIA가 이런 큰 모험을 하면서 얻어갈 실익이 별로 없었다.

차라리 나를 위협했던 제임스처럼 자신들의 편으로 끌어드리는 것이 나았다.

"놈들이 회장님을 노리는 것이 확실하다면 이곳을 떠나시는 것이 좋을 것 같습니다."

티토브 정이 우려스러운 표정으로 말했다. 경호 책임자의 위치에서 나오는 말이었다.

목표가 나라면 이들은 어떤 방법을 써서라도 제거할 것

이다.

경호원들과 코사크 전투병력이 있지만, 이곳은 러시아처럼 완벽하게 통제되지 않았다.

"그것도 하나의 방법이겠지만 이곳에서의 사업을 이대로 두고 갈 수는 없습니다. 내가 위험하다면 이곳에 있는 우리 사원들도 위험에 처할 수 있습니다. 그들을 위험에 던져놓고 갈 수는 없습니다."

코사크를 비롯한 닉스코어와 닉스E&C 그리고 닉스병원 관계자들도 위험했다.

만약 내가 자이르공화국을 티토브 정의 말처럼 떠난다면 안동식은 분명 다른 방법으로 분풀이를 할 것이다.

그 타깃이 내가 아닌 직원들과 이곳에서 벌이고 있는 사업체가 될 수도 있었다.

"그럼 러시아에서 경호 인력을 더 불러들이겠습니다."

"음, 잠시 생각을 해봅시다."

무작정 경호원을 늘린다고 할 문제가 아니었다. 원인을 제거해야만 앞으로도 이러한 일이 발생하지 않았다.

'피한다고 해결될 문제가 아니다. 한데 누가 날 노리는 걸까? 나를 제거하면…….'

"현재 놈들이 머무는 곳이 어디지?"

"자이르공화국과 브룬드의 접경지대에 있는 부카부에 있

습니다. 부카부는 로랑 카빌라의 근거지이기도 합니다."

부카부에만 자이르해방전선에 속한 반군이 2천 명이나 주둔하고 있었다.

거기에 하이에나와 외로운 늑대들의 용병조직까지 합하면 그 숫자는 더욱 늘어난다.

"러시아에 연락해서 코사크 타격대를 더 불러들여. 우리가 먼저 놈들을 친다."

"그건 너무 위험한 일입니다. 그곳은 자이르 정부군도 접근하지 못하는 곳입니다. 실패할 가능성이 너무 큽니다."

쿠즈민은 걱정스러운 표정으로 말했다.

"놈들도 그렇게 생각하겠지. 불가능한 일이라고……."

위험을 피해가지 않을 생각이었다. 오히려 그 위험 속으로 거꾸로 들어가 원인을 완전히 제거하고 싶었다.

그리고 누가 날 노리고 있는지를 알아야만 했다.

모스크바에서 출발한 코사크 전용 An-124 전략 수송기가 날아올랐다.

An-124(안토노프)는 4발 터보팬 엔진을 갖춘 러시아 전략 수송기로서 현재 운용하는 전략 수송기 중 가장 큰 수송기다. 안토노프에는 코사크 타격대원 73명과 200톤에 달하는 군수물자가 실려 있었다.

"모스크바에서 2개 팀이 출발했다고 합니다. 내일이면 킨샤사에 도착할 것입니다."

이곳의 코사크를 맡고 있는 예브게니의 보고였다.

"자이르 정부군은?"

"예, 저의와 보조를 맞추어 카시카를 공격하기로 했습니다."

전략요충지인 카시카가 공격당하면 부카부가 위험하게 된다. 부카부에 있는 자이르해방전선의 반군들이 카시카로 이동할 것이다.

최대한 부카부에 주둔하고 있는 반군들의 숫자를 줄여야만 승산이 있었다.

"생각보다 빠르게 결정을 했군."

"저희들이 보낸 자료들을 보고 모부투 대통령이 격노했다고 합니다."

자이르공화국 정부군을 움직이기 위해서 모부투를 이용했다. 자이르 정부군이 총 한 번 제대로 쏘지 않고서 후퇴하는 사진들과 그를 암살하기 위해서 로랑 카빌라가 고용한 외로운 늑대들의 사진을 말이다.

물론 외로운 늑대들은 모부투가 아닌 나를 노리는 것이겠지만, 로랑 카발라의 오른팔인 에두아르도와 외로운 늑대들의 리더인 헨리가 악수하는 장면은 충분히 모부투를 겨냥한 것으로도 볼 수 있었다.

"이번 작전으로 모부투와 로랑 카빌라의 몰락을 좀 더 앞당길 수 있겠지. 우리를 도와줄 정보원은 확실한 인물인가?"

"예, 돈을 좀 밝히지만, 배신할 친구는 아닙니다. 그 친구의 가족들은 모두 킨샤사에 머물고 있습니다. 자신이 배신하면 가족들의 생사가 위험하다는 것을 잘 알고 있습니다."

"한 치의 실수도 없어야 해. 이번 작전이 실패하면 그동안 자이르공화국에서 이루어 놓은 모든 것이 수포로 돌아갈 수 있다는 걸 명심해야 한다."

"예, 대원들에게도 충분히 인지시키고 있습니다."

"작전에 필요한 훈련은 언제 끝나지?"

"적어도 새로운 팀과는 4일은 손발을 맞추어야 합니다. 이번 주 토요일을 디데이로 잡고 있습니다."

"음, 시간은 우리 편이 아니야. 놈들이 먼저 움직일 수 있어. 아니, 어쩌면 우리가 예상한 시간보다 더 빨라질 수도 있겠지."

외로운 늑대들이 움직이면 지금 준비하는 작전이 달라져야만 했다.

"감시를 하고 있습니다. 특별한 일이 있으면 곧바로 보고드리겠습니다."

"알겠네. 작전에 꼭 성공할 수 있게 준비를 해주게."

"예, 꼭 성공하겠습니다."

예브게니는 자신감 있는 대답을 했다. 예브게니는 구소련의 대테러부대인 알파 부대 출신으로 수많은 작전을 성공적으로 이끌었던 베테랑이었다.

예브게니가 방에서 나가자 김만철이 들어왔다.

"작전에 꼭 참가하셔야 합니까? 이번 일을 너무 위험합니다."

김만철은 내가 작전에 참가하는 것을 말리려고 했다.

"위험하기 때문에 함께 하려는 것입니다. 직원들을 사지로 보내고 편히 소식만 기다릴 수 없습니다."

"하여간에 이번만은 빠지십시오. 놈들은 코사크 대원들처럼 전투에 이골이 난 놈들입니다. 회장님을 보면 득달같이 달려들 것입니다."

"저도 전투는 익숙합니다. 이래 봐도 수색대 출신입니… 아니, 충분히 대응할 수 있습니다."

순간 예전의 군대 생활이 입 밖으로 나왔다.

"군대도 갔다 오지 않으신 분이 수색대 타령입니까? 그러지 말고 제 말 들으세요."

"저도 함께 작전에 필요한 훈련에 참가할 것입니다. 제 명은 여기서 끝날 운명이 아니니까 걱정하지 마시고요."

"정말이지 사서 고생하십니다."

"고생을 해봐야 직원들이 얼마나 어려움 속에서 일하고 있는지 아는 것입니다. 이번 일도 잘 해결될 것이니까, 너무 걱정하지 마십시오."

"후! 고집이 세기로는 안 씨, 강 씨, 최 씨라더니 정말 못 말리겠습니다. 하여간 절대로·앞에는 나서지는 마십시오."

"예, 저도 그럴 것입니다. 함께 사격 훈련이나 하러 가시죠."

"후! 언제쯤이나 편안하게 지낼지 모르겠습니다."

"하하하! 앞으로는 정말 편안해지실 것입니다."

김만철의 한숨에 웃음으로 답했지만, 앞으로도 그렇게 편안한 삶을 지낼 것 같지는 않았다.

Chapter 13

　"자이르정부군이 갑자기 공세를 펼치고 나왔습니다. 작전을 다음 주로 미루어야겠습니다."

　"무슨 소리입니까? 예정대로 진행해야 합니다."

　외로운 늑대들을 이끄는 헨리의 말에 안동식은 목청을 높였다.

　"하이에나 용병조직이 참가하지 못하면 우리만으로는 힘에 부칩니다. 하이에나가 코사크와 카로의 보안군을 붙잡아두지 않으면 작전은 실패할 수밖에 없습니다."

　"에이 쌍! 다음 주는 확실한 것이오?"

"정부군이 공세로 나왔지만, 이번 주를 넘기지를 못할 것입니다. 그럴만한 탄약이 없습니다."

"시간은 돈입니다. 지체되는 만큼의 손해를 그쪽에서도 부담해야 합니다."

"알겠습니다. 대금의 5%를 되돌려 드리겠습니다."

"좋소. 다음 주에도 작전이 이루어지지 않으면 의뢰를 취소할 것이오."

안동식은 불만 섞인 표정으로 말했다.

"그건 내가 결정할 문제가 아닙니다. 본부에 연락한 후에 말씀드리겠습니다."

"하여간 작전이 계획대로 이루어지지 않으면 모든 책임은 당신이 져야 할 것이오."

안동식은 하고 싶은 말만 하고는 밖으로 나갔다.

"후후! 대접을 해줬더니 안하무인이군. 어리석은 놈, 눈먼 총알은 적과 아군을 구별하지 못하는데 말이야."

헨리는 싸늘한 눈으로 밖으로 향하는 안동식의 뒷모습을 보며 중얼거렸다.

긴장감을 풀지 않고서 진행했던 카로의 진입작전이 다음 주로 미루어지자 용병들은 하나둘 부카부에 있는 술집으로 향했다.

이들을 이끄는 헨리도 부하들의 술집행을 막지 않았다. 자이르 정부군의 갑작스러운 공세만 없었다면 오늘 카로로 진입해 표도르 강을 처리했을 것이다.

극도의 긴장감을 유지하던 용병들의 스트레스는 절대 적지 않았다.

그 스트레스를 오늘 술로써 실컷 푸는 것이다.

"여기 술을 더 가져와! 오늘 이 집의 술을 몽땅 마셔 버릴 거니까!"

술집의 모든 자리는 가득 찼고, 모두가 외로운 늑대들에 속한 용병들이었다.

부카부의 다른 술집도 상황은 마찬가지였다. 알제리에서 합세한 용병들도 작전이 연기되었다는 소식에 술집으로 향했다.

부카부의 술집들은 대낮부터 떠들썩했다.

한편으로 부카부에 주둔했던 자이르해방전선의 반군과 하이에나 용병조직은 정부군의 공세를 막기 위해 이른 아침부터 전투가 벌어지는 카시카와 이레가 지역으로 떠났다.

수천 명의 군인들로 북적거렸던 부카부는 일순간에 조용한 소도시의 모습으로 돌아와 있었다.

　　　　　　*　　　*　　　*

　"작전대로 부카부가 비워졌습니다. 자이르해방전선의
반군이 돌아오려면 이틀 정도는 소요될 것입니다."

　예브게니의 보고였다.

　"하이에나 용병조직도 떠났나?"

　"예, 저희의 요구대로 이레가 지역에도 공세가 이어지자
하이에나 용병조직이 이레가로 투입되었습니다."

　"현지에는 안동식이 고용한 용병조직밖에는 없는 건가?"

　"방어병력으로 2백여 명 정도의 반군들이 남아 있다고
합니다."

　"음, 적은 병력은 아니군. 코사크 타격대만으로 놈들을
잡을 수 있을까?"

　"하인드의 도움이 필요합니다. 문제는 카로와 부카부의
거 거리를 왕복하려면 연료 문제로 인해서 하인드가 2~3분
밖에 머물 수가 없습니다."

　부카부를 습격할 코사크 타격대 4개 팀의 인원은 140명
이었다.

　하지만 현재 부카부에는 적어도 용병조직과 반군을 포함
해서 3~4백 명 이상의 병력이 주둔하고 있었다.

　러시아의 Mi—24 하인드 공격헬기의 도움이 절대적인 상

황이었다.

부카부는 생각보다 넓은 지역이었다. 3대의 하인드가 병력이 몰린 곳에 정확히 타격을 가해야만 습격이 성공할 수 있었다.

실전 능력이 탁월한 용병조직에 자칫하면 역으로 공격을 당할 수 있었다.

"그게 아쉬운 일이야. 작전은 내일인가?"

"예, 내일 아침에 수송헬기를 타고서 치비토케까지 이동하여 다시 도보로 부카부로 향할 것입니다. 이 지역은 다른 지역보다 사람들의 눈에……."

예브게니가 지도를 보며 작전에 관해 설명할 때에 쿠즈민이 급하게 안으로 들어왔다.

"급히 보고드릴 것이 있습니다."

"뭐지?"

"현지에서 연락한 정보원에 따르는 부카부의 머무는 용병들 대다수가 술에 취해 있다고 합니다."

"그게 무슨 말이지?"

"아마도 용병조직의 작전에 변화가 일어난 것 같습니다. 자이르 정부군의 갑작스러운 공세가 놈들의 작전에 차질을 빚게 한 것이 아닌가 추측됩니다."

쿠즈민의 설명이 이해가 되었다. 자이르 정부군의 공세

가 놈들의 움직임에 변화를 준 것이다.

이건 생각지도 못한 신의 한 수였다.

"그 말이 사실이면 지금 당장 출동 준비를 해. 이런 좋은 기회를 잃어버릴 수 없잖아."

정보원의 말이 맞는다면 코사크 타격대를 위협하는 용병들의 전투력이 상당 부분 떨어진 상태였다.

"알겠습니다. 바로 준비하겠습니다."

예브게니가 내 명령에 급하게 밖으로 나갔다.

13대의 수송헬리콥터와 하인드 3대가 힘차게 허공으로 날아올랐다.

1차 목적지는 헬리콥터들이 한꺼번에 내릴 수 있는 치비토케의 분지였고, 그곳에서 다시금 2시간을 걸어서 부카부로 향할 예정이다.

러시아의 군사위성과 현지 정보원을 통해서 부카부의 반군주둔지와 용병들이 머무는 숙소를 확인했다.

"이번 작전은 회장님을 노리는 용병들의 제거에 있다. 반군들과 그들을 이끄는 인물들은 타깃이 아니다. 이 점을 명심해서 전투에 임하도록."

예브게니가 헬리콥터에 올라탄 타격대의 팀장들에게 다시 한 번 주지한 말이었다.

용병들의 제거와 안동식의 검거가 이번 작전의 핵심이었다. 안동식의 입을 통해서 나를 노리고 있는 인물과 단체를 알아야만 했다.

로랑 카빌라를 비롯한 자이르해방전선의 지도부는 아직은 건재해야만 했다.

치바토케의 분지는 적막할 정도로 조용했다.

분지에는 사전에 연락된 정보원이 길을 안내하기 위해서 우리를 기다리고 있었다.

자카야는 현지 주민으로 자이르해방전선에 가족을 잃어버려 반군에 대한 적대감이 대단했다.

약속대로 돈을 지급하자 자카야는 누런 이를 드러내며 만족스러운 표정을 지었다.

"저만 알고 있는 빠른 지름길을 안내해 드리겠습니다. 그 길로 가면 1시간 40분이면 부카부에 들어갈 수 있습니다."

"확실한 것인가?"

"그럼요. 좀 험하기는 하지만 더 빨리 부카부로 갈 수 있습니다."

자카야는 자신과 접촉했던 코사크 타격대원의 질문에 자신 있게 말했다.

"자카야가 말한 길은 지도에 나오지 않는 길입니다."

타격대를 이끄는 예브게니가 지도를 보며 말했다. 산악

지역이자 밀림이 우거진 북동부지역은 자칫하면 길을 잃기가 쉬웠다.

자카야가 말한 길은 원래 작전을 세울 때 선택했던 길이 아니었다.

이번 작전의 성패는 아이러니하게도 안내를 맡은 자카야의 손에 달려 있었다.

"20분의 여유가 더 생긴다면 보다 안전하게 후퇴할 수도 있겠지. 자카야가 말한 길로 간다."

내 말에 모든 것이 결정되었다.

헬리콥터들이 있는 치비토케 분지를 지킬 타격대 1개 팀을 제외한 3개 팀이 자카야의 뒤를 따랐다.

부카부에 대한 공격은, 코사크의 힘을 자이르공화국에 알리는 신호탄이 될 것이다.

자카야가 안내하는 길은 그의 말처럼 험했다. 짐승들이 다니는 길이라고 해도 무방할 정도로 수풀이 우거지고 바위가 앞을 가로막았다.

일반적인 병사들이라면 자카야가 안내하는 길을 무거운 군장을 메고 따라잡기가 쉽지 않았을 것이다.

코사크의 타격대는 어떠한 환경에서도 전투에 임할 수 있는 훈련을 해왔다.

러시아가 특수부대에 투자하는 훈련비용의 두세 배를 쓰고 있는 코사크 타격대는 이러한 임무에 특화된 전투인력들이다.

더욱이 이들이 자부심을 가질 수 있도록 개인들에게 지원하는 장비들도 러시아는 물론 서방에서 사용하는 최신 병기들로 무장시켰다.

또한 코사크 타격대들이 받는 월급도 러시아의 일반 근로자들의 평균 2~3배에 달했다. 병원비와 식료품에 대한 공급도 특별 대우를 받았다.

러시아와 동유럽 출신의 특수부대 출신의 인물들이 코사크에 들어오고 싶은 이유였다.

부카부로 향하는 코사크의 타격대원 중 누구 하나 거친 숨소리를 내는 인물이 없었다.

자카야가 말한 1시간 40분은 거짓이 아니었다. 부카부시가 내려다보이는 산등성이 도착한 시간은 1시간 35분이 지난 후였다.

"10분 후에 하인드의 공격이 시작될 것입니다. 안나 팀과 보리스 팀은 A 지역으로 침투하며 바실리 팀은 B 지역으로 그리고리 팀은 후방을 담당합니다. 목표물을 제거한 후 C로 집결하여 후퇴합니다. 돌발 상황이 발생하면 즉시 D로……."

다시금 작전을 설명하는 예브게니였다. 출발하기 전에도 인지한 내용이었지만 다시금 확인했다.

러시아의 표준 음성 기호는 나토가 사용하는 영어의 로마자의 독음법과 달리 키릴문자의 첫 글자를 이용하며 사람의 이름을 사용한다.

"모두 시간을 맞춘다. 작전은 18시까지다. 목표물을 제거하지 못해도 18시까지는 부카부에 남아 있지 마라."

예브게니는 말이 끝나자 안나와 보리스 팀이 우측으로 향했고, 바실리 팀은 좌측으로 지원을 맡은 그리고리 팀은 중앙에 자리를 잡았다.

나와 김만철, 그리고 티토브 정은 후방지원을 맡은 그리고리 팀과 함께했다.

망원경을 통해서 보는 부카부의 시내는 사람들의 통행이 별로 없었다.

간간이 등에 총을 멘 병사들과 먹이를 찾는 동네 개들이 거리를 거닐 뿐이었다.

부카부의 북쪽에 자리를 잡고 있는 자이르해방전선의 지휘부도 별다른 움직임이 눈에 띄지 않았다.

기관총을 올려놓은 지프와 승용차 몇 대가 지휘부가 있는 건물로 오고 갔다.

"거리가 조용합니다."

긴장감 때문인지 양손에 땀이 흥건하게 흘러나왔다.

"정말 정보원의 말처럼 다들 술에 취해서 자빠져 있나 봅니다."

김만철 또한 망원경으로 목표로 한 건물을 유심히 바라보았다.

외로운 늑대들의 용병조직이 숙소로 사용하는 건물이었다.

건물 주변에도 소총을 든 서너 명의 경비원만 보일 뿐이었다.

부카부시의 주요 길목마다 바리케이드가 설치되어 있었지만, 경비병들은 한가롭게 모여 잡담만 나눌 뿐이었다.

누구 하나 부카부가 공격을 당하리라는 것을 꿈에도 생각하지 못하고 있었다.

바리케이드가 설치된 곳으로 코사크 타격대가 조심스럽게 접근하는 것이 보였다.

여전히 잡담을 나누고 있는 다섯 명의 반군 중 하나가 앞으로 걸어 나올 때 갑자기 쓰러졌다.

위치를 잡은 저격수의 작품이었다. 아군이 바닥에 쓰러지자 그를 본 병사가 소리를 지르려는 순간 코사크 타격대가 덮쳤다.

소음기가 달린 총으로 네 명을 순식간에 처리한 타격대

는 시체들을 빠르게 옮겼다.

이러한 일은 네 곳에서 동시에 벌어졌다.

—길을 열었다.

2분 뒤 무전이 들어왔다.

첫 번째 관문인 바리케이드를 모두 점령한 것이다.

그때 기다리던 무전이 들어왔다.

—독수리가 하늘에 떴다. 2분 뒤 사냥을 시작하겠다.

치바토케 분지에서 대기하고 있던 하인드가 날아온 것이다.

"타깃은 변함없다. 둥지에 모두 쏟아붓기를 바란다."

목표물에 접근한 안나 팀의 무전이었다.

하인드가 용병들의 근거지를 공격한 후에 마무리를 코사크 타격대가 하면 되었다.

외로운 늑대들을 이끄는 헨리는 세부적인 작전을 다시 검토하기 위해 지도를 보고 있었다.

카로의 침투로를 확인하는 순간 책상이 미세하게 흔들리기 시작했다.

그리고는 곧장 요란한 헬리콥터의 비행음이 들렸다.

"정부군이 여기까지······?"

헨리는 의자 뒤에 놓아놓은 자신의 총을 들고는 창가로

향했다.

나무로 된 창문을 열자마자 눈에 들어온 것은 러시아의 공격 헬리콥터인 Mi−24 하인드였다.

"사탄의 마차! 설마, 코사크가……. 안 돼!"

헨리가 있는 지나쳐가는 하인드에서 불꽃이 피었다. 하인드가 목표로 하고 있는 외로운 늑대들이 숙소로 사용하는 건물이었다.

쾅! 콰콰쾅!

텅텅텅 !

벽돌로 만들어진 3층 건물과 우측에 있던 창고형 건물이 강력한 폭발음과 함께 순식간에 화염에 휩싸였다.

3대의 하인드는 번갈아가면서 주변을 초토화했다.

술집에서 술을 마시던 용병들도 폭발음에 놀라 비틀거리며 술집을 나서는 순간 정확하게 조준된 총알들이 날아들었다.

타타탕탕!

제대로 된 반격도 못 한 채 쓰러진 용병들을 뒤로한 채 코사크 타격대가 술집 안으로 진입했다.

술집 안에도 술에 취해서 테이블에 누워 있는 용병들이 보였다. 권총을 들고서 코사크에게 대항하려는 용병들도 있었지만, 제일 먼저 타깃이 되어 쓰러졌다.

문제는 술집을 찾았던 용병들 대다수가 총을 소지하지 않았다.

— A 지역 클리어. 보리스는 이동하겠다.

목표로 했던 술집들과 용병들의 숙소가 작전대로 정리되었다.

"생각했던 것보다 작전이 순조롭습니다."

김만철이 들려오는 무전을 들으며 말했다.

"정보원의 이야기가 정확했던 것이 주요했습니다."

"반군의 길목만 막으면 작전은 이대로 끝날 것 같습니다."

김만철의 말처럼 계획대로 작전은 손쉽게 끝날 것 같은 분위기였다.

공격을 끝낸 하인드가 산 너머로 넘어갈 때쯤 무전이 들려왔다.

— B 지역에서 격렬한 저항에 부닥쳤다.

무전이 들려오자마자 바실리 팀이 담당한 B 지역을 망원경으로 보았다.

그곳에는 격렬한 시가전이 벌어지고 있었다.

B 지역은 자이르해방전선의 반군이 몰려올 수 있는 길목으로 바실리 팀이 매복을 하려고 했던 장소였다.

"반군들은 아닌 것 같습니다."

망원경으로 전투지역을 살핀 예브게니의 말이었다. 그의 말처럼 바실리 팀과 전투를 벌이는 인물들은 흑인이 아니었다.

"용병들을 더 끌어들인 건가?"

"그럴 수도 있을 것 같습니다."

예상하지 못했던 일이 벌어졌다. 부카부에는 외로운 늑대들만이 주둔하고 있는 것으로 여겼다.

새로운 용병들의 출연을 정보원이 전해주지 않았다.

그도 그럴 것이 알제리에서 들어온 용병들은 며칠 전 늦은 밤에 부카부로 들어왔고, 현지 정보원은 외로운 용병들의 일행으로 보았다.

술집에서 알제리의 용병들도 코사크 타격대에게 당했지만, 숙소에 있던 용병들이 적지 않았다.

"우리가 지원한다."

"위험합니다, 회장님은 이곳에 계십시오. 우리가 가겠습니다."

"예, 저희가 가겠습니다."

김만철과 예브게니가 날 말렸다.

그때 다급한 무전이 들어왔다.

─반군이 몰려오고 있다. 아니……. 정정한다, 르완다의 정부군이다.

르완다 정부는 자이르해방전선을 지원하고 있었다. 국경 도시인 부카부에 르완다 정부군이 들어와 있었다.

이래저래 상황이 안 좋은 쪽으로 흘러갔다.

"더는 지체할 수 없다. 나를 포함한 그리고리 팀이 바실리 팀의 퇴로를 연다."

나의 말에 김만철은 더는 토를 달지 않았다.

우리를 지원한 저격수 세 명을 남겨두고서 재빨리 바실리 팀의 오른편으로 향했다.

"보리스는 퇴로를 확보하고 안나는 르완다 정부군의 측면을 공격해라."

무전에서 떨어지는 명령은 시시각각으로 변했다.

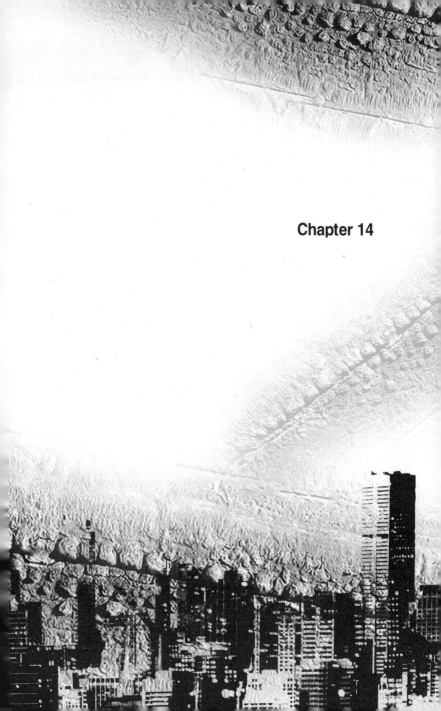

Chapter 14

"으윽! 정부군 놈들이 온 건가?"

안동식은 자신의 위로 떨어진 책장을 밀어붙이면서 일어 났다.

순간적인 폭발음을 듣자마자 몸을 피했지만, 폭발의 충 격으로 인해서 떨어진 책장에 깔려서 정신을 잠시 잃었었 다.

일어서는 안동식의 머리에서는 피가 흘러내렸다.

쾅! 타타다탕! 콰―쾅!

드르르륵!

사방에서는 폭발음과 총소리가 요란하게 들려왔다.

"으! 진즉에 공격을 했었어야 했는데……."

벽에 잠시 기댄 안동식은 피가 흐르는 이마를 누르며 말했다.

쾅!

폭발음이 가까운 곳에서 들리자 벽이 흔들리며 천장에서 먼지가 쏟아져 내렸다. 내구성이 떨어지는 건물이었다.

"여기 있다가는 골로 가겠어."

충격이 회복되지 않았는지 안동식은 천천히 벽을 붙잡으며 건물 밖으로 나갔다.

르완다 정부군까지 합세하자 바실리 팀은 부상자들이 여러 발생했다.

하지만 그리고리 팀을 비롯한 안나와 바실리 팀이 공격을 가하자 상황은 달라졌다.

르완다 정부군의 측면을 공격했던 안나 팀에 의해서 르완다 정부군의 공격이 무력화되었다.

카로의 보안군보다도 떨어지는 전투력이었기 때문에 전진하던 십여 명이 쓰러지자 뒤쪽으로 후퇴했다.

"저 건물을 점령하면 상황이 달라질 것 같습니다."

측면에 보이는 3층 건물 위에서 일곱 명의 용병들이 길목을 잡고 있었다.

자이르해방전선의 반군들이 오는 길목에 있어 반군을 저지하기에 좋은 위치였다.

문제는 건물로 들어가기 위해서는 공터를 지나가야만 했기 때문에 완전히 몸이 노출되었다.

더구나 알제리에서 온 용병들은 르완다 정부군처럼 어물쩍한 인물들이 아니었다.

그들은 지금 독이 바짝 올라 있었고, 건물을 점령하려던 타격대원 둘이 어깨와 다리에 부상을 입었다.

방탄복이 아니었다면 목숨을 잃었을 것이다.

"후! 이거 진입할 위치가 총알받이 되기, 딱 십상인데요?"

김만철이 주변을 살피며 말했다.

"저곳만 처리하면 용병들과 반군들의 길목을 완전히 차단할 수 있습니다."

"음, 대략 30m 정도 되는 거리를 달려야 하는데……."

김만철이 거리를 보며 말했다. 30m까지는 몸을 숨길만한 곳이 없었다.

"제가 가겠습니다."

티토브 정의 말이었다.

"할 수 있겠어?"

"죽기밖에 더하겠습니까?"

"야야! 피닉스라고 불린 사나이가 죽기는."

티토브 정이 나와 일하기 전의 세계에서는 신화와 같은 존재였다.

많은 나라에서 티토브 정을 죽이려고 했지만, 오히려 당한 것은 암살자들이었다.

"제가 정 차장님이 죽는 것은 허락할 수 없습니다."

"후후! 알겠습니다. 죽는 것은 다음으로 미루겠습니다. 엄호사격이나 잘 부탁하겠습니다."

지금 상황에서 믿을 수 있는 사람은 티토브 정밖에는 없었다.

코사크 타격대의 인물들도 뛰어났지만, 티토브 정은 그들과는 전혀 다른 형태의 인간이라고 할 수 있었다.

"후! 갑니다."

티토브 정의 말이 떨어지자마자 김만철이 몸을 숨겼던 벽에서 나와 사격을 했다.

사격에는 일가견이 있는 김만철이었다.

하지만 곧장 용병들의 반격에 김만철의 사격은 끝이 났다.

투투투!

벽 쪽으로 무수한 총알이 날아와 박혔다.

한편으로 티토브 정을 발견한 용병들이 목표물을 바꾸어서 사격을 시작했다.

"저놈을 잡아!"

타타타탕! 타탕타다탕!

티보브 정을 향해 가해지는 총소리가 요란할수록 그의 움직임이 빨라졌다.

지그재그로 달리는 그 뒤를 향해 총알들이 무섭게 따라붙었다.

급격하게 방향을 전환하는 티토브 정의 움직임에 용병들은 사격하는데 애를 먹었다.

용병들의 목표가 티토브 정으로 바뀌자 김만철이 다시금 사격을 개시했다.

타타탕!

"흑!"

정확한 사격에 용병 하나가 뒤로 벌러덩 넘어갔다.

그때를 같이해 티토브 정이 벽을 타고서 새처럼 날아올랐다. 십여 미터 정도 되는 거리를 단숨에 좁혀 버린 동작이었다.

예상치도 못한 모습에 용병들은 순간 티토브 정을 놓치고 말았다.

5m 높이의 2층으로 그대로 날아든 티토브 정의 손에서

두 개의 동전이 떠나자, 놀란 눈을 하고 있던 두 명의 용병이 목을 부여잡은 채 바닥에 나뒹굴었다.

티토브 정은 다시금 난간을 막차고서 3층으로 곧바로 날아올랐다.

3층에 있던 용병들은 티토브 정이 계단으로 올라올 것을 예상하여 등을 보인 채 모두 계단 쪽으로 향하고 있었다.

사뿐히 3층으로 올라선 티토브 정은 무방비 상태인 용병들의 목덜미와 후두부를 가격했다.

쿵! 털버덕!

두 명의 용병들이 바닥에 쓰러지는 소리에 계단 쪽에 가장 가까이 있던 용병이 뒤를 돌아보는 그의 면상에 강력한 충격이 가해졌다.

"헉!"

고통은 연이어 목덜미 쪽으로 이어졌다.

"컥!"

숨을 쉴 수가 없다는 것도 잠깐이었다. 다리에 힘이 들어가지 않는다는 것이 느껴질 때쯤, 눈앞이 깜깜해지며 고통이 사라졌다.

털썩!

마지막 용병이 쓰러지는 순간 나를 비롯한 그리고리 팀이 건물 안으로 진입했다.

부상자들을 방 안으로 이동시키고 곧바로 치료가 시작되었다.

전투가 사방에서 벌어지고 있어서 현재까지 부상자가 몇 명인지는 정확히 파악되지 않았다.

그중 다행인 점은 아직까지 사망자가 보고되지 않고 있었다는 점이다.

저격팀이 옆 건물에 자리를 잡았고 3층에 기관총이 설치되었다. 옆 건물과 이곳까지 스물다섯 명의 인원이 자리를 잡았다.

"이야! 한 편의 영화를 보는 줄 알았다니까. 도대체 어떻게 그렇게나 높이 점프를 할 수 있는 거야?"

김만철이 탄성을 지르며 티토브 정에게 물었다.

"제 걱정은 하신 것입니까? 관심이 점프에만 가 있으신 것 같습니다."

"야아… 정 차장 앞으로 총알이 다 피해가던데?"

"다치신 데는 없습니까?"

"예, 다행히도 없습니다. 역시 절 생각해 주시는 분은 회장님밖에는 없는 것 같습니다."

티토브 정이 내 말에 미소를 지으며 말했다.

"정 차장, 나도 걱정했어. 그래도 내가 한 놈을 잡았잖아."

— 자이르해방전선의 차량들이 몰려옵니다.

무전에 들려오는 소리로 인해 김만철과 티토브 정의 가벼운 실랑이는 끝이 났다.

나를 비롯한 그리고리 팀이 빠르게 달려오는 소형트럭들이 눈에 들어왔다.

12대 달하는 소형트럭 위에는 십여 명의 반군들이 긴장한 표정으로 앉아 있었다.

속력을 줄이지 않는 것으로 보아 이 지역이 코사크 타격대가 차지한 것을 모르는 것 같았다.

"쉬카! 멧돼지가 몰려온다, 사냥을 준비하라."

쉬카는 저격수를 가리켰다.

옆 건물 지붕에 올라가 있는 저격조가 선두 차량과 네 번째, 그리고 여덟 번째 차량의 운전사를 겨냥했다.

탕! 탕! 탕!

연달아 들려오는 사격음과 함께 선두에 섰던 차량이 무서운 속도로 달리다가 그대로 뒤집혔다.

세 번째 차량과 일곱 번째 차량도 급정거한 앞 차량들을 속도를 줄이지 않고 그대로 들이박았다.

쿵! 끼이익! 쾅!

그러자 뒤따라오던 나머지 차량은 자신들의 의지와 상관없이 연쇄충돌을 일으켰다.

소형트럭의 뒤편에 타고 있던 자이르해방전선의 반군들은 충돌로 인한 충격으로 사방으로 퉁겨졌다.

12중 연쇄충돌이 일으킨 충격에 제대로 정신을 차리는 반군들이 없었다. 총 한번 쏴보지 못하고 120명이 넘는 인원들을 무력화된 것이다.

무섭게 달려온 속도로 인해 전투용으로 개조한 소형트럭들은 더는 사용할 수 없을 정도로 뒤엉켜 파손되었다.

12대가 뒤엉켜 버린 길은 쉽게 정리되기도 힘들었다.

"저기는 됐고, 우측의 용병들을 처리한다."

아직도 강하게 저항하는 알제리의 용병들이 자리를 지키고 있었다.

"저리로 넘어가면 뒤쪽에서 기습을 가할 수 있을 것 같습니다."

김만철이 손으로 가리킨 건물의 옥상으로 접근하면 놈들의 방어선이 무너질 수 있었다.

옥상에는 3명의 용병이 맹렬하게 총을 쏘고 있었다.

"쉬카, 9시 방향, 두더지 셋."

무전으로 저격수에게 타깃을 지정했다.

무전이 끝나자마자 3명의 용병들 머리가 옆으로 꺾이는 것이 눈에 들어왔다.

"자, 가시죠."

"제 옆에 꼭 붙어 있으십시오."

내 말에 김만철이 걱정스러운 표정으로 말했다.

"알겠습니다, 어서 가시죠. 시간이 얼마 없습니다."

작전 종료 시각까지 30분도 남지 않았다. 지금쯤 다른 지역에 있는 자이르해방전선의 병력이 맹렬한 속도로 달려오고 있을 것이다.

나를 비롯한 여덟 명의 인원이 목표로 한 건물로 향했다.

*　　　*　　　*

정신을 차린 안동식의 손에는 죽은 반군에게서 얻은 AK자동소총이 들려있었다.

"이번에도 당한 건가?"

주변에 보이는 것은 자신이 고용한 용병들과 경비를 섰던 반군들의 시체뿐이었다.

조심스럽게 주변을 살피며 이동하는 순간 뒤쪽에서 총소리가 들려왔다.

다타타탕!

"여기 있다가는 개죽음을 당하겠군."

하지만 섣불리 움직일 수가 없었다. 코사크의 저격수들로 인해서 용병들이 맥없이 쓰러지는 것을 보았기 때문이다.

안동식은 최대한 몸을 숨길 수 있는 건물들 사이를 지나서 이동했다.

*　　　*　　　*

2층 건물 위로 올라선 우리는 앞쪽으로 조심스럽게 이동했다.

예상했던 대로 앞쪽에는 이십여 명의 용병들이 기관총까지 설치하면서 맹렬하게 저항하고 있었다.

앞쪽으로 안나와 보리스 팀이 이들과 전투를 벌이고 있었다.

"셋과 동시에 던집니다."

김만철과 티토브 정이 수류탄을 손에 들고서 말했다. 나 또한 손에 든 수류탄의 안전핀을 뽑았다.

"하나, 둘, 셋!"

말이 떨어지자마자 네 개의 수류탄이 용병들이 있는 건물 쪽으로 동시에 날아갔다.

쾅! 콰쾅! 쾅!

타타다탕! 드르르륵!

순차적인 폭발음이 들려오자마자 코사크 타격대가 동시에 사격을 가했다.

그리고 잠시 뒤 용병들이 있는 건물에서는 맹렬하게 들려오던 총소리가 그쳤다.

─B 지역 클리어. 작전 완료.

안나 팀이 건물에 진입해서 알려온 무전이었다.

"후! 이제 끝났네요."

안도의 한숨이 절로 나왔다. 목표로 했던 용병부대를 완전히 괴멸시킨 것이다.

"각 팀은 사망자를 보고하라."

─안나 이상 무.

─보리스 이상 무.

─그리고리 이상 무.

……

각 팀에서 보고되는 무전에는 사망자는 없었다. 하지만 15명의 부상자가 발생했다.

예상했던 것보다 많은 부상자였다.

"작전대로 C 지역으로 후퇴한다."

예브게니의 말이 전해지자 각 팀은 부상자들을 데리고 부카부를 벗어나기 시작했다.

나를 비롯한 김만철과 티토브 정, 그리고 그리고리 팀이 제일 늦게 부카부를 벗어났다.

건물의 옥상에서 내려올 때였다.

짧은 머리에 동양인 한 건물에서 나오는 것이 보였다.

"저기, 안동식 아닙니까?"

안동식은 자이르해방전선이 있는 쪽으로 이동 중이었다. 그는 다쳤는지 다리를 절었다.

"저놈을 잡아야 합니다."

망원경으로 안동식을 확인한 김만철의 말이었다.

"남은 시간이 얼마 없습니다."

티토브 정이 시계를 보며 말했다.

"이대로 저놈을 놓치면 또 어떤 수작을 부릴지 모릅니다."

김만철은 안동식과의 질긴 악연을 끊고 싶었다.

"10분밖에는 시간이 없습니다."

후퇴해야 할 시간이 10분밖에 남지 않았다.

"10분이면 충분합니다. 놈의 배후를 밝혀야 하지 않겠습니까?"

김만철의 말도 틀린 말이 아니었다. 나를 제거하려는 인물이 누구인지 알아야만 했다.

지금까지 나를 노리기 위해서 내가 이동하는 경로를 추적하고 있었다.

"좋습니다. 정확히 10분입니다. 대신 저도 함께 가겠습니다."

"알겠습니다."

김만철은 날 말리지 않았다. 말려도 듣지 않을 것이 분명했기 때문이다.

더구나 안동식을 겪어본 인물이기도 했다.

나와 티토브 정, 그리고 김만철은 안동식이 움직인 방향으로 향했다.

부상자들을 이송할 병력을 뺀 그리고리 팀은 후방과 측면을 맡았다.

―사슴이 오른쪽 건물로 들어갔다.

무전으로 전해온 말에 세 사람은 안동식은 들어간 건물로 접근했다.

안동식은 좁은 골목길과 건물들 사이를 오가며 이동 중이었다.

그는 우리가 뒤를 쫓는 것을 알지 못했다.

김만철이 수신호로 오른쪽을 가리켰다. 건물의 문은 두 개였다.

나와 티토브 정이 오른쪽 문으로, 김만철이 뒤쪽 문으로 들어갔다.

건물은 창고 쓰인 건물인지 여러 가지 잡다한 물건들과 낡은 농기구들이 쌓여 있었다.

50평 정도 되는 1층에는 안동식이 보이지 않았다. 2층으로 올라가는 계단에서 수신호를 나눌 때였다.

창가 쪽에서 검은 그림자가 비치는 순간 총알이 날아들었다.

타타탕!

"큭!"

내 몸이 뒤로 넘어가며 지독한 통증이 가슴 부위에서 느껴졌다.

다다타탕!

김만철과 티토브 정이 옆으로 몸을 날리며 반격을 가했지만 검은 그림자는 이미 사라진 상태였다.

티토브 정은 창가로 몸을 날리며 검은 그림자를 쫓았다.

"괜찮으십니까?"

김만철이 급하게 다가와 물었다. 총알은 다행히도 방탄복 위에 박혔다.

"예, 방탄복 위에 맞았습니다."

"여기 잠시만 계십시오. 제가 끝내고 오겠습니다."

"이번에는 결판을 내십시오."

"예, 꼭 잡아버리겠습니다."

말을 마친 김만철이 오른쪽 문으로 달려 나갔다.

김만철이 나가자 나는 총알을 받아낸 방탄복을 보았다. 총알은 가슴 부위만 맞은 게 아니었다.

배에도 총탄 자국이 있었다.

"후! 정말 죽다 살아났네."

방탄복을 매만지며 일어날 때였다.

"크크큭! 하늘이 이런 기회를 나에게 주는군."

2층 계단에서 총을 겨누며 내려오는 인물은 다름 아닌 안동식이었다.

창밖에서 나를 겨냥했던 인물은 안동식이 아니었다.

"놀라는 표정도 일품이야. 그동안 무슨 짓을 했는지는 모르겠지만, 네가 그렇게까지 러시아에서 거물이 되리라고는 생각지도 못했어."

"날 죽이면 너도 끝이다."

"과연 그럴까? 곧 있으면 자이르해방전선의 반군들이 카부카로 몰려들 것이다. 난 잠시 몸을 숨기면 돼. 크크큭! 어찌 보면 넌 내게 있어 복덩어리야. 네 목숨 값으로 2천만 달러를 받게 될 테니까."

"누가 내 목숨을 노린 것이냐?"

"크크큭! 가는 마당에 궁금한가 보지? 궁금함을 갖고 죽는 것도 재미있잖아. 저승에 가서 물어보라우!"

안동식은 나를 향해 거침없이 방아쇠를 당겼다.

그 찰나의 순간 주마등처럼 수많은 생각들이 떠올랐다.

'여기까지 왔는데……'

틱! 틱!

하지만 총알이 나오지 않았다. 격발 불량이 일어난 것이다.

총기를 제대로 관리하지 못한 반군 덕분이었다.

그 자리에 몸을 회전하며 안동식의 왼쪽 발목을 후려 찼다.

퍽!

"악!"

불편한 왼편 다리에 정확히 들어가자 안동식의 몸이 뒤로 넘어갔다.

"이런 썅!"

하지만 안동식은 바닥에 넘어지자마자 뒤로 몸을 구르며 자세를 잡으려고 했다.

안동식은 변함없이 강한 인물이었다.

"이젠 같은 상황이 되었군."

손에 잡고 있던 소총은 바닥에 넘어지면서 놓친 상태였다. 아무리 격발 불량이 일어났다고는 해도 총은 위험했다.

"크크크! 총이 없어도 널 죽이는 데는 아무런 문제가 없어."

"과연 그럴까?"

말이 끝나자마자 그대로 달리면서 플라잉 니킥을 날렸

다. 무게가 실린 공격이었고, 왼쪽 다리가 불편한 안동식은 피하지 못하고 막기에 급급했다.

픽!

주르륵!

공격은 거기에 그치지 않았다. 땅에 떨어지자마자 왼편 다리를 향해 로우킥을 날렸다.

안동식이 겪어보지 못한 변칙 공격의 연속이었다.

픽!

킥은 제대로 들어갔다.

"쌍! 죽여 버리겠어!"

고통스러운 안동식은 쩔뚝거리며 뒤로 물러나며 소리쳤다.

안동식이 다리가 불편하지 않았다면 그를 이렇게까지 밀어붙이지는 못했을 것이다.

"싸움은 입으로 하는 것이 아니야."

나는 일부러 왼쪽 다리를 노리는 척하면서 킥의 방향을 바꾸어서 안동식의 얼굴을 향해 올려 차기를 날렸다.

접어서 차지 않고 허벅다리를 위주로 다리 전체에 체중을 실어서 한순간 올려 찼다.

팍!

왼쪽 다리를 들려고 준비하던 안동식은 변칙성 올려 차

기에 그대로 적중했다.

묵직한 발차기 안동식은 뒤쪽으로 튕겨 나갔다.

"크크크! 널 러시아에서 죽였어야 했는데."

비틀거리면서 창고의 벽에 기댄 안동식은 허탈한 표정으로 웃음을 토해냈다.

"오늘도 죽이지 못해서 안타깝겠군."

난 천천히 안동식에게 다가갔다. 상당한 충격을 받은 안동식은 벽이 아니었다면 주저앉았을 것이다.

승부는 이미 끝이 난 거나 마찬가지였다.

"크크크! 잘 알고 있군. 그래서 결정했지, 저승길만큼은 너와 함께 가기로."

말을 마친 안동식은 주머니에서 수류탄을 꺼내 들었다.

안동식은 비릿한 웃음을 지으며 안전핀을 손가락에 걸었다.

"함께 가니, 심심하지는 않을 기야."

안동식이 안전핀을 뽑는 순간이었다.

"안동식!"

탕!

뒤편에서 김만철의 목소리와 함께 총소리가 들렸다.

또르륵!

총알은 정확히 안동식의 미간에 박혔고, 그가 들고 있던 수류탄이 바로 앞에 떨어졌다.

안동식의 몸이 앞으로 허물어지며 수류탄을 덮는 순간 폭발했다.

쾅!

나는 몸을 날려 폭발에서 멀어지려고 했지만, 폭발로 인한 충격파에 벽 쪽까지 굴러갔다.

다행스러운 것은 총에 맞고 쓰러진 안동식이 폭발과 파편을 막아주는 방패 역할을 했다.

질기고 질긴 안동식과의 악연이 끝이 난 것이다.

"괜찮으십니까?"

김만철이 나에게 다가와 물었다. 그가 다시 한 번 내 목숨을 구해주었다.

"휴! 천국행 열차가 종착역에 막 도착하려고 했습니다."

생각만 해도 아찔한 순간이었다.

"하하하! 착한 일을 많이 하셨나 봅니다. 천국 입구까지 가셨다니 말입니다."

"앞으로 많이 하려고요."

내가 손을 내밀자 김만철은 내 손을 잡고 날 일으켜 세웠다.

"아주 비참하게 세상을 떠났네요."

안동식의 상체는 걸레처럼 찢기고 움푹 패여 몸통과 간

신히 붙어 있었다. 수류탄의 폭발을 몸으로 받은 결과였다.

"놈의 업보입니다. 가시죠, 시간이 얼마 남지 않았습니다."

김만철은 안동식의 시체에서 눈을 떼며 말했다. 안동식은 김만철을 잡으려고 러시아로 건너왔고, 다시금 나와 김만철을 죽이려고 자이르공화국까지 온 것이다.

북한에 쫓기는 도망자인 안동식을 받아주고 날 죽이려고 사주한 인물을 알아내지 못한 것이 못내 아쉬웠다.

"예, 안동식과의 악연은 여기서 끝이네요."

창고를 나서자 티토브 정과 그리고리 팀이 기다리고 있었다. 아마도 폭발음을 듣고 달려온 것 같았다.

"몸은 괜찮으십니까?"

티토브 정이 날 보며 물었다.

"예, 결정적인 순간에 김 부장님이 구세주처럼 나타나 주셨네요."

"하하하! 그래서 회장님은 항상 제 곁에 계셔야 합니다."

"예, 이번에도 또 한 번 뼈저리게 느꼈습니다."

김만철이 아니었다면 정말 안동식의 함께 저승길을 밟을 뻔했다.

자이르해방전선의 반군이 이동 중이라는 소식이 무전으로 전해졌고 우리는 빠르게 부카부를 벗어났다.

*　　　*　　　*

자이르해방전선의 본거지라고 할 수 있는 부카부가 공격당하자 반군들의 위세가 위축되었다.

하지만 자이르 정부군도 지금의 기회를 이용할 여력이 없었다.

카시카와 이레가를 공격한 자이르 정부군의 공세도 3일 뿐이었다. 지속해서 공세를 이어갈 탄약과 물자가 부족했다.

모부투는 자신이 쿠데타로 정권을 잡아서인지 군부 쿠데타를 염려하여 경호부대 외에는 군부에서 요구하는 것들을 잘 들어주지 않았다.

카시카와 이레가에 대한 공격도 자신의 신변과 연관되지 않았다면 움직이지 않았을 것이다.

카로로 돌아온 후 방탄복과 옷을 벗자 온몸이 멍투성이였다. 긴장감이 풀리자마자 피로감이 물밀 듯 몰려왔다.

지친 몸을 침대에 누이고는 하루 종일 잠을 잤다.

코사크 타격대의 부상자들을 치료하기 위해 카로의 닉스 병원은 바쁘게 돌아갔다.

카로에 병원과 실력 있는 의사가 없었다면 부상자들을

킨샤사까지 이송시켜야만 했다.

타격대원 중 몇몇은 신속한 치료를 해야 하는 부상이었기 때문에 자칫 이송 도중 위험에 처할 수도 있었다.

작전에 참가한 코사크 대원들 모두 나와 마찬가지로 극도의 긴장감과 피로감으로 잠에 빠져들었다.

—모부투 대통령이 3천만 달러를 보내왔습니다.

러시아에 있는 비서실장 루슬란의 보고였다. 이번 작전은 그냥 진행하지 않았다.

자신을 노리는 용병조직을 제거해 주겠다는 조건을 모부투 대통령에게 제시했었다.

작전은 성공이었고, 로랑 카빌라가 이끄는 자이르해방전선의 사기와 공세를 꺾어놓은 일이기도 했다.

부카부에 대한 작전은 일거양득을 얻어낸 작전이었다.

또한 불안한 국내 상황으로 자이르공화국을 떠나지 못한 모부투가 자신의 병을 치료하기 위해 스위스로 떠날 수 있는 여건도 마련된 상황이었다.

"1천만 달러는 코사크로, 2천만 달러는 알파 금고로 보내. 그리고 안동식에 대한 조사는 들어갔나?"

알파는 소빈뱅크의 내 전용계좌였다.

—예, 조치하겠습니다. 그리고 현재 코사크 정보팀에서 안동식이 르완다에 입국한 경로를 추적 중입니다. 내일쯤

이면 보고를 드릴 수 있을 것입니다.

안동식은 르완다를 통에서 자이르공화국의 부카부로 들어왔다.

"그럼 다음 주에 보자고."

─예, 기다리고 있겠습니다.

전화를 끊고 나서 예브게니와 작전에 참가한 코사크 타격대 팀장들을 소집했다.

"자네들 덕분에 큰일을 해낼 수 있었다. 이번 작전에 참가한 대원들 모두에게 미화 1만 달러가 각자의 급여통장에 입금되었다. 여기 모인 팀장들에게는 2만 달러가 지급되었다."

내 말이 떨어지자마자 대원들의 얼굴에 웃음꽃이 만발했다.

대원들은 1년 치에 해당하는 급료였고, 팀장들은 2년 치에 해당하는 돈이었다.

가치가 떨어지고 있는 루블화가 아니었기에 금액은 더욱 커질 수밖에 없었다.

"코사크 타격대는 나에 대한 믿음과 모든 작전에 앞장서는 만큼의 혜택이 돌아갈 것이다. 금전적인 부분은 물론이고 본인과 가족들의 안전을 보장받을 것이다. 그대들은 선택받은 인물들이다. 앞으로도 더 큰 자부심을 품고 행동하여 코사크 발전에 크게 이바지하도록 노력해 주길 바란다."

"일동 차려!"

내 말에 끝나자마자 예브게니의 우렁찬 목소리가 들렸다.

나는 팀장들 한 명 한 명과 악수하며 격려했다.

그들 모두의 눈에는 나에 대한 충성심이 타오르고 있었다. 카로에 머물고 있는 코사크의 모든 대원들에게도 2천 달러의 보너스가 지급되었다.

현지 책임자인 예브게니에게는 미화 5만 달러와 스베르 근처에 짓고 있는 고급맨션 단지의 입주권을 주었다.

"회장님의 은혜에 꼭 보답하겠습니다."

밝은 표정의 예브게니는 고개를 깊숙이 숙이며 말했다.

룩오일NY 산하의 기업들에서 일하는 직원들 모두가 바라는 곳이 룩오일NY 맨션이었다.

모든 생활편의는 물론이고 본인은 물론이고 가족들의 안전을 책임질 수 있는 곳이었다.

더구나 돈이 있다고 해서 쉽게 들어올 수 없는 곳이었다.

마음고생이 끊이지 않는 보통 사람으로 살다가 아무 멋도 없는 일생을 끝냈던 나였다.

그랬던 내가 나를 따르는 사람들에게 꿈과 희망을 나눠주고 있었다. 코사크에 속한 대원들 모두가 나를 통해서 돈과 권력을 나누고 있었다.

코사크가 가진 체포권과 수사권을 통해서 러시아에서 그 누구도 코사크 대원들을 무시할 수 없었다.

마피아들도 경찰보다 코사크와의 충돌을 피했고 한발 물러났다. 하지만 이러한 권력을 남용하거나 범죄를 저지르면 코사크에서 가차 없이 퇴사시켰다.

코사크의 울타리가 사라지는 순간 러시아 마피아의 표적이 된다. 난 그걸 허용했고 그 대가를 치르게 했다.

과욕과 욕심이 화를 부른다는 것을 몇몇 코사크 대원들을 통해서 보여주었고, 그 이후로는 동일한 일이 반복되지 않았다. 코사크가 낮이라면 내가 영향력을 끼치는 마피아 조직은 밤이었다.

러시아에서 낮과 밤의 세력이 강화될수록 러시아에 대한 지배력은 더욱 공고하게 다져지고 있었다.

경제력과 정치적인 영향력의 확대도 스펀지에 물이 스며들 듯이 빠르게 강화되고 있었다.

더구나 이전 대통령 비서실장인 세르게이가 관리하던 옐친의 통치자금까지 소빈뱅크에서 관리하고 있었다.

이제는 러시아에서 진행하는 일들을 차근차근 자이르공

화국에서도 진행하고 있었다. 소빈뱅크의 지점이 아프리카에서는 처음으로 수도인 킨샤사에 세워졌다.

또한 부카부의 작전 성공으로 인해서 서부 해안분지(대서양 연안)와 동부호수 분지(앨버트 호수) 그리고 중앙분지(콩고 강 하류)에 대한 원유탐사 개발권을 얻어냈다.

동부호수의 앨버트는 우간다와 국경을 마주하고 있는 호수였다.

자이르공화국의 석유매장량은 아프리카의 석유매장량의 7%를 차지하고 있다. 룩오일NY도 다음 달에 킨샤사에 지사를 설립할 예정이다.

자이르공화국에 진출한 목표 중에 하나가 콜탄의 확보에 있었다. 자이르공화국과 르완다에는 전 세계에서 콜탄이 80%가 매장되어 있다.

반도체와 휴대폰을 제조하는 과정에서 꼭 들어가야 하는 핵심 부품의 원료인 탄탈럼은 콜탄이라는 광물을 정제해서 얻을 수 있다.

탄탈럼은 가볍고 열에 쉽게 녹지 않는 성질을 지녀서 전기제품에 일정하게 전기가 흐를 수 있도록 도와주는 물질로서 휴대폰 생산뿐만 아니라 DVD, 태양전지, 가전제품, 노트북, 게임기, 우주선, 원격 조작 병기, 원자력 발전시설, 의료기기, 리니어 모터카, 광섬유 등을 만드는데 사용된다.

탄탈륨이 가장 중요하게 쓰이는 분야가 바로 휴대폰이며 휴대폰 안에는 탄탈륨을 사용한 리튬 필터가 2~6장 정도가 들어가 있다.

이 콜탄은 자이르공화국의 동북부 지역에 집중되어 있었고 아직은 크게 주목받는 광물이 아니었다.

문제는 이 지역은 반군이 장악한 지역이었고, 고릴라의 서식지이기도 하다. 현재 콜탄의 국제 가격은 1kg에 약 20~30달러 정도에 불과하다.

하지만 핸드폰의 보급과 게임기, MP3 등의 소형가전기기의 폭발적인 증가로 인해 2000년에는 1kg에 190달러로, 2005년에는 400달러로 폭등했고, 2013년은 600달러 이상으로, 2016년에는 1천 달러 이상으로 가격이 뛰었다.

이로 인해서 콜탄은 미래의 콩고DR(자이르공화국) 정부의 채굴보다 반군에 인한 불법적으로 채굴하는 양이 더 많아졌다.

"음, 동북부 지역을 확보하는 것이 문제인데……."

지도를 살피며 고심할 수밖에 없었다. 콜탄의 가치가 상승하는 순간 내전은 종지부를 찍을 수 없을 것으로 예상이 됐기 때문이다. 거기다 콜탄의 불법채굴로 벌어들인 돈으로 무기와 식량이 계속해서 반군에게 공급되기 때문이다.

내전이 본격적으로 진행되면 자이르공화국과 국경을 맞

대고 있는 르완다, 우간다, 부룬디, 앙골라, 짐바브웨, 나미비아, 수단, 차드 등 8개국이 내전에 참여했다.

그리고 이들 8개국은 자이르공화국의 풍부한 광물자원을 차지하기 위해서 로랑 카빌라가 정권을 장악한 후에도 자이르공화국을 떠나지 않았었다.

"음, 반군이 다른 나라를 끌어들이기 전에 단숨에 부카부와 코마를 점령해야 한다. 그러기 위해서는 르완다를 내 편으로 만들어야 하겠지……."

자이르해방전선은 부카부의 기습으로 인해 북동부 국경도시인 코마로 근거지를 옮겼다. 또한 로랑 카빌라는 르완다 정부군을 끌어들이기 위해 협상을 벌이고 있었다.

르완다는 인구가 과밀하고 천연자원이 없는 내륙국이어서 경제적으로 궁핍하며, 취업 인구의 90% 이상이 농업에 종사하고 커피가 주산물이다.

르완다의 정부군은 1만 2천 명 수준이며 현재 후투족 출신 비지문구가 대통령을 수행하고 있었지만, 군부는 투치족이 장악하고 있었다.

동북부가 안정되지 않으면 자이르공화국은 지속해서 불안한 사태를 맞이할 수밖에 없었다.

또한 콜탄 수급의 장악은 향후 IT 관련 다국적기업들에 대한 영향력 확대로 이어질 수 있었다.

이들 다국적 기업들은 제품 생산에 중요한 자원인 콜탄의 가격을 인위적으로 낮게 유지함으로써 비즈니스를 발전시켜 나갔다.

모토로라, 노키아, 지멘스, 에릭슨, 삼성, 애플 등이 주요 기업이 콜탄 사용 업체에 포함되어 있었다.

콜탄의 확보는 블루오션에 있어서 퀄컴 반도체공장 설립과 함께 강력한 또 하나의 날개를 달아주는 것이었다.

"닉스코어가 콜탄을 장악해야 이곳에서의 내전을 끝낼 수 있다. 그러려면 키칼리로 가야겠지……."

키칼리는 르완다의 수도였다.

나는 그곳에서 비지문구 대통령과 군부를 장악하고 있는 카가메 국방부 장관을 만날 생각이다.

르완다를 끌어들여야 자이르공화국을 완전하게 얻을 수 있었다.

『변혁1990』 26권에 계속…

초대형 24시 만화방

신간 100%, 샤워실, 흡연실, 수면실(침대석), 커플석, 세탁기 완비

▪ 시흥 정왕25시점 ▪

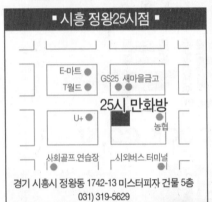

경기 시흥시 정왕동 1742-13 미스터피자 건물 5층
031) 319-5629

▪ 강북 노원역점 ▪

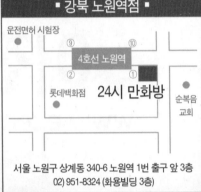

서울 노원구 상계동 340-6 노원역 1번 출구 앞 3층
02) 951-8324 (화용빌딩 3층)

▪ 일산 정발산역점 ▪

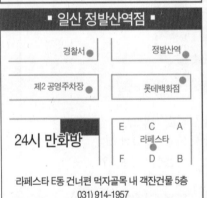

라페스타 E동 건너편 먹자골목 내 객잔건물 5층
031) 914-1957

▪ 일산 화정역점 ▪

경기도 고양시 덕양구 화정동 984번지 서일빌딩 7층
031) 979-4874 (서일사우나 건물 7층)

▪ 부천 역곡역점 ▪

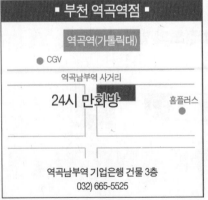

역곡남부역 기업은행 건물 3층
032) 665-5525

▪ 부평역점 ▪

(구)진선미 예식장 뒤 한신포차 건물 10층
032) 522-2871

이계진입 리로디드

임경배 퓨전 판타지 소설

FUSION FANTASTIC STORY

Book Publishing CHUNGEORAM

유행이 아닌 자유추구 -
WWW.chungeoram.com

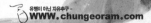

이모탈 퓨전 판타지 소설
FUSION FANTASTIC STORY

용병들의 대지

Road of Mercenaries

이 세계엔 3개의 성역이 존재한다.
기사들의 성역, 에퀘스.
마법사들의 성역, 바벨의 탑.
그리고… 그들의 끊임없는 견제 속에 탄생하지 못한

『용병들의 대지』

전쟁터의 가장 밑을 뒹굴던 하급 용병 아론은
이차원의 자신을 살해하고 최강을 노릴 힘을 가지게 된다.

그의 앞으로 찾아온 새로운 인생!
아론은 전설로만 전해지던
용병들의 대지를 실현시킬 수 있을 것인가!

Book Publishing CHUNGEORAM

이경영 판타지 장편소설

FANTASY FRONTIER SPIRIT

그라니트

용들의 땅

GRANITE

사고로 위장된 사건에 의해 동료를 모두 잃고 서로를 만나게 된 '치프'와 '데스디아'.
사건의 이면에 상식을 벗어난 음모가 있음을 알게 된 둘은
동료들의 죽음을 가슴에 새긴 채 각자의 고향으로 돌아간다.
2년 후, 뜻하지 않게 다시 만난 두 사람은 동료들의 복수를 위해
개척용역회사 '그라니트 용역'을 설립해 다시금 그 땅을 찾게 되는데……

용들이 지배하는 땅 그라니트!
그곳에서 펼쳐지는 고대로부터 이어지는 운명적 만남,
깊어지는 오해, 그리고 채워지는 상처.

『가즈 나이트』시리즈 이경영 작가의 미래형 판타지 신작!

Book Publishing CHUNGEORAM

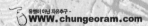

유행이 아닌 자유추구-
WWW.chungeoram.com

FUSION FANTASTIC STORY

자미소 장편소설

GRAND SLAM
그랜드슬램

2016년의 대미를 장식할 최고의 스포츠 소설!!

Career record : 984W 26L
Career titles : 95
Highest ranking : No.1(387weeks)
Grand Slam Singles results : 23W
Paralympic medal record : Singles Gold(2012, 2016)

**약 십 년여를 세계 최고로 군림한 천재 테니스 선수.
경기 내내 그의 몸을 지탱하고 있는 것은…… 휠체어였다.**

『그랜드슬램』

**휠체어 테니스계의 신, 이영석(32).
그는 정상의 자리에서도 끝없는 갈망에 사로잡혀 있었다.**

"걷고 싶다, 뛰고 싶다. …날고 싶다!!"

**뛸 수 없던 천재 테니스 선수
그에게, 날개가 달렸다!!!**

Book Publishing CHUNGEORAM

유행이 아닌 자유추구 -
WWW.chungeoram.com

GAME
BALL
BORN ON DATE
게임볼
설경구 장편 소설
FUSION FANTASTIC STORY
무명의 야구인이었던 남자,
우진이 펼치는 야구 감독으로서의 화려한 일대기!
『게임볼』
"이 멤버로 우승을 시키라고?"
가상 야구 게임,
게임볼을 통해 인생 역전을 꿈꾸는
한 남자의 뜨거운 행보에 주목하라!
Book Publishing CHUNGEORAM
유행이 아닌 자유추구 -
WWW.chungeoram.com

투신 강태산
박선우 장편소설
FUSION FANTASTIC STORY
무림을 휩쓸던 '야차(夜叉)'가 돌아왔다.
『투신 강태산』
여행사 다니는 따뜻한 하숙생 오빠이자
국가위기 특수대응팀 '청룡'의 수장.
그리고 종합격투기계를 휩쓸어 버린 절대강자.
전 세계를 무대로 펼쳐지는 투신 강태산의 현대 종횡기!!
"나는, 나와 대한민국의 적을, 철저하게 부숴 버릴 것이다."
서러웠던 대한민국은 잊어라!
국민을 사랑하는 대통령과 절대강자 투신이 만들어 나가는
새로운 대한민국이 펼쳐진다!!
Book Publishing CHUNGEORAM
유행이 아닌 자유추구 -
WWW.chungeoram.com

FUSION
FANTASTIC
STORY

서산화 장편소설

Miracle Direction
기적의 연출

천재 영화감독, 스크린 속 세상을 창조하다!

『기적의 연출』

대문호 신명일과 미모로 손꼽히던 여배우 김희수의 아들 신지호.

일가족은 불운한 사고로 인해 크나큰 비극을 겪는다.

이 사고로 섬광 기억(Flashbulb memory)이라는 능력을 얻게 된 그 순간!

그의 모든 게 달라졌다.

"배우의 혼을 이끌어내고, 관중의 영혼을 붙잡아야 합니다.

그게 제 목표입니다."

완전한 감독을 꿈꾸는 신지호.

이제 그의 영화가, 세상을 홀린다!

Book Publishing CHUNGEORAM

유행이 아닌 자유추구 -
WWW. chungeoram.com